長編超《スーパー》伝奇小説
書下ろし
魔界都市ブルース

菊《きく》地《ち》秀《ひで》行《ゆき》

ゴルゴダ騎《き》兵《へい》団《だん》

NON NOVEL

祥伝社

CONTENTS

カバー&本文イラスト／末弥　純
装幀／かとう みつひこ

一九八×年九月十三日金曜日、午前三時ちょうど——。マグニチュード八・五を超《こ》す直下型の巨大地震が新宿区を襲った。死者の数、四万五〇〇〇。街は瓦礫《がれき》と化し、新宿は壊滅《かいめつ》。そして、区の外縁には幅二〇〇メートル、深さ五十数キロに達する奇怪な〈亀裂〉が生じた。新宿区以外には微震さえ感じさせなかったこの地震は、後に〈魔震《デビル・クエイク》〉と名付けられる。

以後、〈亀裂〉によって〈区外〉と隔絶《かくぜつ》された〈新宿〉は急速な復興を遂《と》げるが、その街を産み出したものが〈魔震〉ならば、産み落とされた〈新宿〉はかつての新宿であるはずがなかった。早稲田《わせだ》、西新宿、四谷《よつや》、その三カ所だけに設《もう》けられたゲートからしか出入りが許されぬ悪鬼妖物がひしめく魔境——人は、それを〈魔界都市"新宿"〉と呼ぶ。

そして、この街は、哀しみを背負って訪れる者たちと、彼らを捜《さが》し求める人々との物語を紡《つむ》ぎつづけていく。あらゆるものを切断する不可視の糸を手に、魔性《ましょう》の闇を行く美しき人捜し屋《マン・サーチャー》——秋《あき》せつらを語り手に。

第一章　危険な輸出品

1

〈新宿区長〉の梶原《かじわら》には、誰も知らない趣味があった。

月末の会計監査が済むと、ひとり〈区長室〉へ閉じ籠もって、シャツからパンツまで脱《ぬ》ぎ捨てて、裸踊《はだかおど》りを踊るのである。このときのBGMは、三波春夫《みなみはるお》の「チャンチキおけさ」か「東京五輪音頭《とうきょうごりんおんど》」だというが、秘書室にいて偶然耳にしてしまった女性秘書の発言によると、佐川満男《さがわみつお》の「今は幸せかい」だったという。

とにかく、彼は踊る。広い〈区長室〉で踊りまくる。それは歓喜《かんき》の踊りである。

そして、このとき同席している者がいたとすれば、梶原がぶっ倒れるまで、こんな言葉の連発を耳にしただろう。

〽ああ　儲《もう》けた　儲けた
今年も　〈新宿〉万々歳《ばんばんざい》
何もかも　〈輸出課〉さんのお蔭《かげ》です

どうやら自作らしいふざけた歌詞を汗まみれになって歌いまくる梶原の姿には、無邪気《むじゃき》を通り越して無惨《むざん》、無惨を通り越して神々《こうごう》しささえ感じられるのであった。

〈輸出課〉とは、正しくは〈区役所〉の〈営業部・輸出課〉のことである。

読んで字のごとく、〈新宿〉の〈特産品〉を〈区外〉へ輸出して稼《かせ》ぐ部署である。

〈新宿〉はその環境の途方もなさから、数多くの特典を政府から授与されているが、そのひとつに、〈特産品〉の輸出に対する完全自由——すなわち無税ということが挙げられる。つまり関税はゼロ。〈新宿〉の〈特産品〉に限って幾《いく》ら〈区外〉で儲けようと、すべて〈新宿〉の金庫に入ってしまうのだ。

　これは私的にも適用されるため、たちまち〈区内〉に無数の「輸出」業者が誕生する羽目《はめ》になった。

　ここで、〈区長〉史上最高とも最低とも謳《うた》われ、ちっとも評価が定まらない梶原の辣腕《らつわん》が発揮された。

　さして儲からぬ品を除いて、あらゆる〈特産品〉の個人的輸出業務を禁止したのである。しかも、業者の乱立が一段落してからの禁止令であり、公布されてから三日目には、なお営業中の業者の一斉検挙を断行したから堪《たま》らない。彼らは根こそぎ廃業に追い込まれ、その稼ぎは、これも禁止令の特別条項Aによって、残らず〈区〉のものとなった。

　誰がどう見ても、これは〈区〉による資本主義に対する挑戦であり、経済的暴挙であった。抗議の声は反抗に変わり、〈区役所〉前の業者たちのデモは、〈区外〉の学生たちが加わった投石や火炎瓶投げ、それに〈新宿警察〉が介入するや手榴弾《しゅりゅうだん》や手製ロケット砲の射ち込み、ついにはドローンによる爆撃にまで、スケール・アップしたのであった。

　その後、〈区〉による暴力団まで駆使《くし》した徹底的な掃討《そうとう》作戦により、反対運動は下火になったものの、雨の中でも青白く燃える油火《あぶらび》のように、〈区役所〉のあちこちで小規模な爆破騒ぎが勃発《ぼっぱつ》し、〈職員〉の家族が誘拐《ゆうかい》され、おかしな菌《きん》を撒《ま》かれた〈総務部〉全員がひっくり返り、その家族が妖魔《ようま》に怯《おび》えて自殺するなどのテロ行為が絶《た》えない。

　その中で、暴挙と独裁の張本人たる梶原自身には――何度か暗殺が企《くわだ》てられたものの――何事もなく彼は一方で稀代《きたい》の〈名区長〉の名をほしいままにしているのであった。〈区長室〉での裸踊りは、いわば彼の毎月、毎年の勝利宣言なのである。


　とにかく、彼は今日も踊っていた。

そこへ、〈新宿警察〉署長の滝沢熊五郎《たきざわくまごろう》が、やってきたのである。

「〈貿易会館〉が壊滅したで」

と挨拶《あいさつ》もそこそこに署長は告《つ》げた。

「それはお手柄《てがら》だな、署長。全署員への特別ボーナスを期待してくれたまえ」

「ところが、ぎっちょんちょん」

と署長は撫然《ぶぜん》たる声で言った。

「我々が踏み込んだ時にはもう壊滅していた。そして犯人は〈貿易会館〉の大倉庫に眠っていた〈特産品〉すべてを盗み去っただよ。さて、どうすべえ」

「盗んだ連中を捕まえて、盗品を取り返すしかなかろうが。見当はついているのだろうな？」

〈輸出品〉の横取りや横流しは、〈特産品〉が金になると判明した瞬間から始まっているから、それに絡んだ有象無象《うぞうむぞう》も山ほど出たが、欲に駆られた殺し合いの挙句《あげく》、現在《いま》でも恒常的に〈特産品〉関係の犯罪に加担しているグループの数は、〈貿易会館〉が壊滅した現在、五指に収まる。

「狗餓王《くがおう》」

「キングスメン」

「暁《あかつき》ルパン」

「ブルートの爪《つめ》」

「マリア・テレサ」

であった。他にも小さなグループはあるが、こんな大規模な盗みをやらかすとは思えない。

「そのどれかに決まってるんだ。五つまとめて検挙したまえ」

梶原の言葉に署長は猪首《いくび》を傾けた。

「そうですなあ。目障りは確かだで、力ずくでつぶすのは簡単じゃが、〈輸出品〉さ戻って来っかどうか。あいつらこの頃、わしらにもよくわからねえ輸出ルートを開発したらしいですよ。〈区長〉さんもご存知のように、〈ゲート〉を使っての輸出には、閻魔《えんま》さんの腹ん中まで見通すくらいのチェックさ受けねばならねえ。どんなに偽装しても逃げられっこねえっす。ところが、〈区外〉からの報告によると、ここ半年、盗まれた〈輸出品〉が平気で出廻《でまわ》っとるそうじゃ。わしらも捜査は続けておるのだが、一向に進展がねえだよ」

「監視衛星にも見つからんルートとなると〝テレポート〟か〝チューブ〟か」

〈新宿〉の妖物《ようぶつ》にはこの力を持つ連中が何種類かいる。〝テレポート〟は瞬間移動、〝チューブ〟とは異次元空間を伝わっての移動である。

「そうなるけども、どっちも〈亀裂〉は越えることたできねえべよ」

「そこだ」

〈区長〉もこれは認めざるを得ない。

〈新宿〉を取り巻く〈亀裂〉は、内側の妖物、悪霊の〈区外〉への移動を防ぐ、いわば護符の役目を果《は》たしているのであった。これは、監視カメラや監視衛星によって確認されている。いかなる透明妖物、霧状生命体、死霊の類《たぐい》も〈亀裂〉の寸前で足留めを食らうのだ。車に乗り込んだ場合はどうなるか？車ごと停止してしまうのである。恐らくその原因は、それらにも不明のままだろう。

「その〈亀裂〉を通過するとなると、どんなルートか見当もつかんな」

梶原は苦悩の表情を見せた。

「〈貿易会館〉が略奪《りゃくだつ》された〈輸出品〉の総額は一〇〇〇億に上る。

三ヶ月分の儲けが消失したわけだ。そんなルートを通して〈区外〉へばら撒《ま》くのが可能と知れたら、〈区〉の輸出業は大打撃を受ける。真っ先に影響が出るのは〈区民〉への福祉事業だ。それだけはレベルを下げるわけにはいかんぞ」

「でもとてもでごわす」

署長は突然、北の果てから南の国の住人になった。出身は関東だそうだ。

「〈新宿〉の福祉政策は、世界一恵まれ、進んでおる。それもこれも輸出業による潤沢《じゅんたく》な収入のお蔭だ。それを犯罪組織などの懐《ふところ》へ入れてはならん」

「へえ」

「何としても、その〝ルート〟をつぶし、開発した連中を獄門――いや、死刑台へ送るのだ。〈亀裂〉へぶら下げても構わん」

「それは面白うごわす」

署長は重々しくうなずいた。それから、声をひそめて、

「実は、〈貿易会館〉を壊滅させたのとほぼ同じ時刻、〈区〉の〈輸出用特別倉庫〉が襲われまして――」

梶原の顔が死相を帯《お》びた。

「待て」

と洩《も》らしたのは、数秒後のことである。

「――待て。〈特別倉庫〉といえば、〈特産品〉以外に〈区内〉で発見発掘された、世界遺産など目じゃない貴重な品々を――〈極産品〉を納めた所だぞ」

虚《うつ》ろな声で続けた。

「確か今回の〈極産品〉の中には――」

署長がうなずいた。沈黙を維持した。梶原任せ――死んでも口にしたくない品なのだ。

「〝ロンギヌスの槍《やり》〟だ」

と梶原は言った。

署長は椅子《いす》の中で崩れた。上体がねじくれ、椅子の背にもたれるのも忘れて、長い溜息《ためいき》をついた。

「どうするつもりでごわすか〈区長〉？　あれは聖《せい》槍《そう》でごわっど」

「わかってる。ちいと待て」

梶原はインターフォンのスイッチを入れて、輸出課を呼び出すと、

「山南《やまなみ》を呼べ」

と命じた。

「誰でごわす？」

「輸出課の中で、特産品以外の品を一手に扱っている者だ。〈亀裂の遺跡〉から出た品々も含まれる」

「ほお」

二分とたたずに山南はやって来た。

署長が、へ？　と眼を丸くした。丸くした眼はみるみる好色いろに染まる。

絶妙のボディラインを惜《お》し気もなく露出させた葡萄酒色《ワイン・カラー》のスーツに身を包んだ山南某は、二〇代はじめとしか見えぬ美女であった。

そっち関係の男なら失神しそうな、ややきつい顔立ちと、失禁しかねない冷たい眼差《まなざ》しに、辣腕でならす滝沢署長も思わず、両腿《りょうもも》を寄せて、股間《こかん》を隠した。名前にふさわしい熊みたいな大男である。こういうタイプは、Ｍの気が強いと決まっている。

梶原から滝沢を紹介され、

「山南鈴香《すずか》と申します」

名刺を差し出す姿も声も、切れ味が鋭い。

「歴史に詳しいそうですな。ひとつよろしく」

滝沢はいつの間にか標準語に戻っている。

「〈新宿〉一といってもいい」

と梶原が、びっちり締まった腰とヒップのラインへ、ちらちら眼をやりながら言った。

「つまり、世界一ということだ」

「嫌ですわ、〈区長〉。困ります」

「いや、お見受けしたところ、私も間違いないと思いますぞ」

滝沢もおべっかを使う。これがおべっかにならないことはすぐにわかった。

「山南くん――実は少々困ったことが起きた」

「はい」

「署長殿が言うには、ある犯罪組織を壊滅させたのと同時刻に〈区〉の輸出用特別倉庫が襲われ、〈特産品〉が強奪された」

「存じております。すでに連絡も」

「何？　わしは聞いとらんぞ」

「秘書の中村《なかむら》さんも〈区長〉もお留守《るす》でした。中村さんは、いまさっき戻られたところです」

「むむ」

梶原と女秘書は、暇を見ては市内巡察と称して、

〈歌舞伎町《かぶきちょう》〉の「ホテルＫＥＮＴ」で情事にふけっているのである。

　そこで、〈輸出〉による収入増の話を聞かされ、舞い上がった梶原は、〈区役所〉へ戻った後もパソコンにたまった緊急メールを見ることもなく、裸ダンスを踊っていたのであった。女秘書の戻ったのが彼の後だったのは、山南鈴香の指摘どおりである。

「そこでだ――」

　梶原は何もかも無しという指示を含んだ重々しい口調になった。

「盗まれたのは〈極産品〉ばかりだ。そして、〝ロンギヌスの槍〟もその中にあった」

「仰《おつしや》るとおりです」

　鈴香はうなずいた。ならばこれがどんな事態かわかっているだろうに、取り乱した様子はない。入って来たときからない。

「わしも、名前くらいは知っておる。そして、それを手にした者が世界を掌中に収めるという伝説も聞いた覚えがある。そこで君を呼んだのだ。あれは本当のことか？」

「世界征服のことなら、事実だと思います。所有者の中で世間一般に知られている人物は、アレキサンダー大王とアドルフ・ヒトラーが双璧かと」

「そら凄《すご》い。しかし、彼らは失敗したぞ」

「それは、征服の途次、聖槍を手放してしまったからでございます。アレキサンダーの場合は、インドかエジプトの古《いにし》えの一族、ヒトラーの場合は連合軍のスパイたちの手による奪取と言われております」

「ふむ、しかし、本当にそんな力を持つ槍が存在するのなら、とうに世界はひとりの野心家の物になっているのではないか？」

「当然の疑問です」

　鈴香は淡々と告げた。腕の見せ所である。幾らでもドラマチックに売り込める場面だが、冷たい美貌《びぼう》には自己宣伝の気配などかけらもなかった。

「これは従来の伝説を覆す意見ですが、〝ロンギヌスの槍〟は、人を選ぶと言われています。ヒトラーやアレキサンダーの例を見ればうなずける説でしょう。ですが、長い歴史の中で槍を手にしたのは、彼らだけではありません。それなのに世界の王が誕生しなかったのは、実は誰でもではなく、持ち主の中から槍が覇王を選ぶからだというわけです。ただし、資料によりますと、槍を手にした者が、小規模な犯罪やトラブルを巻き起こした例は幾つもあります。そういう連中もいるということでしょう。これも槍のせいかどうかはわかりません。そうだとしても、槍の方ですぐ飽きてしまったのかもしれません。つまり、世界の覇者になる資格を最初から持たない人間には、ただの古い槍にすぎないのです。その代わり、槍が認めさえすれば、聖槍の力は彼に不死身と幸運を与え、世界王への道を辿《たど》らせるのでしょう。ですが、これもひとつの説にすぎません。神秘とは人間に解決できぬが故に神秘なのですから」

「槍がその才がないと認めた場合は当人がいかに野心満々でも宝の持ち腐れか。しかし、その持ち主に特典は与えられないのかね？」

「いえ。それなりの幸運は与えられますが、気づかぬまま当人が死亡したり、次の持ち主が槍を処分したり、盗まれたりする場合が殆《ほとん》どらしいのです」

「上手くいかんものだね」

署長が溜息をついた。

「そもそもロンギヌスというのは何者だね？」

梶原が訊《き》いた。基礎知識の不足は否《いな》めない。

鈴香は続けた。

2

「ゴルゴダの丘で十字架に架けられたイエス・キリストは、恐らく衰弱死しました。その死を確認すべく、兵士のひとりが脇腹を槍で突いたのです。イエスの弟子《でし》ヨハネは、『新約聖書』中の『ヨハネ伝』

――つまり『福音書』中でこう描写しています。

〝然《しか》るにひとりの兵卒、槍にてその脅《わき》をつきたれば、直《ただ》ちに血と水と流れいづ。〟

『新約聖書』には、四人の高弟の『福音書』が載っていますが、イエスの最期《さいご》と槍とについての記述は、『ヨハネ伝』のこの部分のみです。ロンギヌスの名前も出て来ません」

「では――何故その名前が？」

「正しいところはわかっておりません」

鈴香は冷然と言った。

「一説によると、ギリシャ語で『槍』を意味する『ロンケー』が訛《なま》ったものだとも、長槍の『長い』――『ロング』の訛りだとも言われています。古代ローマでは『ロンギヌス』は『暗殺者』を意味する言葉だったという説もありますが、正確なところは、歴史の闇の彼方《かなた》です」

「ふむ。しかしその名が伝説としても、伝わっている以上、何か歴史的事実が存在したのではないかね？」

「〝ロンギヌスの槍〟とされる品は、世界に何本もあり、うち一本はバチカンに収蔵されています。実はその隣りにロンギヌスの像も並んでいるそうです」

「何じゃそれは？」

署長が眼を丸くした。

「それでは、まるで――何と言ったか――じゅん――」

「殉教者ですね」

「それだ」

「これもキリスト伝説――というか聖槍伝説のひとつですが、ロンギヌスは当時盲目でした。ところが、イエスの血を浴びた途端、両眼が開き、それ以後、数々の奇蹟《きせき》を眼にしたせいで心を入れ替え、洗礼を受けてキリスト教徒になったと言われています。盲目の彼がなぜキリストの脇腹を刺せたのかは謎ですが。カッパドキアでローマ兵に捕まり、改宗を迫られました。そして、拒否した結果、斬首刑に処された――そうなのです」

「キリストを刺した男が、その恩恵《おんけい》に与《あずか》って、最期は殉教者か？　いかにもローマ・カソリックが喜びそうな話だが」

梶原は首を捻《ひね》った。

「すべては偉大なる神の一家と弟子たちの献身《けんしん》を謳い上げる物語群のひとつと解釈することも可能です。ですが、現在まで、その出所《でどころ》も判然としない物語と、その象徴である一本の槍が、いまも世界の各地に残存するという事実は、ひょっとしたら、単なる言い伝え以上のものがあるのかもしれません」

鈴香はひと呼吸置いてから、二人を見つめた。眼に異様な光があった。それが〈魔界都市〉のＶＩＰたちを凍結させた。

「ヒトラーの下から聖槍が奪われたのはいつか、ご存知ですか？」

二人は顔を見合わせ、さあ？　と声を合わせた。

鈴香は即座に応じた。

「一九四一年十二月八日です」

梶原が眉を寄せ、顔全体を驚愕《きょうがく》に震わせた。

「――真珠湾《しんじゅわん》攻撃の日か？」

鈴香はうなずいた。

「これによって、ヒトラーが最も怖《おそ》れていた事態が生じました。アメリカの参戦です。すべてが狂いはじめました。この翌年――四二年八月にスターリングラードに突入したドイツ軍は、さらに翌年――四三年の二月には冬将軍に襲われ、降伏せざるを得なくなるのです。アメリカ軍がノルマンディー上陸作戦を決行したのは、四四年六月のことでした」

この一室のみ、あらゆる動きが絶《た》えた。

世間なら、オカルト雑誌の特集で済む物語だ。だが、〈魔界都市〉の住人は知っていた。それでは済まないことを。一本の槍が世界の破滅をもたらすことがあるという事実を。やっと、梶原が口を開いた。

「危険な代物《しろもの》とは知っていたが、それほどの物とは――なぜ、そんな物騒な品が、うちの倉庫にあったのだ？」

「〈区民税〉を滞納した人物がコレクトしていたそうです。差し押さえのとき、神秘学に詳しい局員がいて、私に連絡をくれました。すぐに報告に参上し、槍の扱いについてご意見を、と思っていたのですが、局員が私のことを思い出したのが今朝でしたもので」

「何たることだ」

署長が熊のような唸《うな》り声を上げた。

「倉庫を襲った奴《やつ》らの親玉が、平凡な一生を求めるタイプとは思えん。何とかして奪還せんと――」

「まず、〈区外〉への秘密ルートを潰せ。すべてはそれからだ」

梶原が呻《うめ》いた。

「しかし、槍の伝説を知っている奴だったら、決して手放そうとはせんだろう。四六時中手元に置いておくのは間違いない。ひょっとしたら〝ロンギヌスの槍〟が目的だったのではないか」

「それはわからんでごわす」

薩摩《さつま》弁が戻った。

「ばってん――盗んだ奴が、槍の正体に気がつかんこつば、望むしかありません」

「槍を持ってる間、そいつは不死身で無敵だ。正面切っての戦いになれば、我々は敗北する――どうしたものか」

梶原は眼を閉じた。かがやく双眸《そうぼう》がそれを見つめていた。

「ひとつ」

梶原と――署長も、その眼を見た。

「ひとつ？　打つ手があるとでも言うのかね？」

「はい、ですがそれこそ伝説の中の伝説――〝ロンギヌスの槍〟に関心を持つ歴史家や好事家《こうずか》、怪談収集家でもまず知らない言い伝えなのですが、でも」

「今すぐ言いたまえ！」

梶原がテーブルを叩《たた》き、いててと手首を押さえた。

「はい。この世の何処《どこ》かにあるという、〝ロンギヌスの槍〟とともにイエスの脇腹を突いた〝無名兵士《ノーネーム・ソルジャー》の槍〟を見つけ出すことです」

ふたたび、一同は凍りついた。

同じ頃、秋《あき》せつらは〈亀裂〉の中――二五〇〇メートルの〈遺跡〉で、ある人物を捜し求めていた。

隅田貞作《すみだていさく》というその男は、〈矢来町《やらいちょう》〉で古書店を営《いとな》む平凡な父親だったのだが、子供の頃から奇妙な行動を取ることがあった。

時間《とき》と場所《ところ》を選ばず、突如として虚脱状態に陥《おちい》り、

「呼んでいる」

と歩き出すのである。大概は数歩で止まり、あれ？　という表情を合図に元に戻るのだが、これが幼児の頃から、五〇歳を数える今まで変わらない。

そして、ついに、三日前に失踪――家族からせつらに捜索が依頼されたのであった。

美しい人捜し屋が突き止めた場所は何とも不可解な――しかし、妥当《だとう》といえば妥当な場所であった。

三日前――その〈遺跡〉へ下りた見学者のうちひとりが戻って来ないため、管理事務所では捜索隊を派遣していた。

間の悪いことに、その見学者が向かったのは、〈第九九号遺跡〉――新宿の地下に広がる最も壮大な土地であった。

エレベーターの監視ビデオから隅田を確認して、せつらも下へ下りた。係員は止めたが、せつらに微《ほほ》笑《え》みかけられると、頬を染めて、

「無事に帰って来て下さい」

と訴えた。

こうして、せつらはいま、地下二五〇〇メートルの〈遺跡〉で古本屋の主人を捜索中なのである。

〈亀裂〉内の〈遺跡〉群は、放射能測定によっても、いつ誰が作ったものかは見当もつかない。

特に〈第九九号遺跡〉は、他と比較しても彫刻の数が圧倒的に少なく、そこから製作者の姿を想像することも不可能で、飛び切りの〈謎の遺跡〉と呼ばれていた。

特に、累々《るいるい》たる石柱群や神殿とも集会所ともつかぬ建造物の間を走る〈通路〉は、生命綱をつけていても、踏み迷う〈迷宮〉として名高く、入った切りになる調査団や観光客が続出、目下はいかなる人物、団体の侵入も禁止されている。観光客は安全な入口で内部を窺《うかが》うしかない。

せつらはためらいもせず足を踏み入れた。

入口の手すりに妖糸《ようし》が巻きつけてあるのは言うまでもないが、万全とは言えなかった。

〈迷路〉の正体が異次元によるものならば、タンカーをつなぐ鎖《くさり》や数万本の鋼線をより合わせた複合ワイヤーといえど、たやすく切断されてしまうからだ。

蜿々《えんえん》たる〈遺跡〉の広がりがせつらを迎えた。

住居の基部、土塁、階段、石柱等の構成は〈区外〉のものと変わらないが、消息を絶った調査団が送って来た中間レポートによると、基部上を進んでいた隊員が石の中に呑《の》み込まれ、石柱は蛇のようにくねって、隊員を絞め殺し、階段を昇っていった隊員は、消えても昇り続ける足音だけが長いこと聞こえていた。

そして、他の調査隊、観光客、盗掘団たちが遺《のこ》した記録はすべて、

「ここには何かいる」

で終わっていたのである。

その何かは、今もわかっていない。

そんな〈遺跡〉の中をこの世ならぬ美貌と影が行く。何がいても、その虜《とりこ》にしてみせる、とでも言いたげに。

言うまでもないが、せつらは前方に数条の妖糸を

放っていた。扇形《おうぎがた》に広がったそれらは、いわばレーダーと化して、その内側の敵を、実体のみならず足音や羽音、それらが乱した空気流や匂いや温度、影等の動きから、眼には見えなくても存在する者たちを捉え、人間の感覚では感知しきれぬ微細な震え、蠕動《ぜんどう》によって、せつらに伝えるのであった。

細い通路を一〇〇メートルほど来たところで、

「いた」

とせつらはつぶやいた。レポートが残したものか、古本屋の主人かはわからない。

だが、それは確実に妖糸と接触し、その気になれば触れた刹那《せつな》に身じろぎもせぬ石の像と化すはずであった。

明かりはある。ここが発見されてすぐ、まだ安全に調査や観光が出来た半年の間に、〈区〉が取りつけた照明塔やライトが天井や壁から〈遺跡〉の隅々《すみずみ》を照らし続けている。

だが、光の間《はざま》に生じる闇は、ここを建造し、消滅した謎の者たちのように暗く、明るい空気は時に、太古の怨嗟《えんさ》のごとく重い。

妖糸は何を伝えたのか、せつらは無言で美しく歩み続ける。

不意にその前方に人影が立ちはだかった。

人々の群れだ。

五〇人とも一〇〇人ともつかぬおびただしい人々が、作業を取り行なっているのだった。ここで発掘された木槌《きづち》やタガネをふるって、石壁に動物らしい物を刻み込んでいる者、奇妙な重機らしいもので石柱を持ち上げている者、革製の翼《つばさ》を背につけて空を飛んでいる者、破片を組み立てたジグソー・パズルのような乗り物で通路を疾走《しっそう》中の者、一〇〇メートルもある巨人像を石板で動かしながら、一〇〇階建てのビルほどもある岩の塊《かたま》りを運搬中の者、――男もいる女もいる。老人も子供もいる、みな腰布ひとつだ。女は乳房が豊かで美しい。

だが、その乳房は四つある。子供の眼も四つ、老人の胸には黒々と四穴が開き、木槌をふるう男の腕は三本、指はみな六本あった。そして腰布の背に開けた穴から尻尾《しっぽ》がのぞいている。

彼らはひとりも動けていない。みな死んでいる。石の像だ。

ここはすべて、〈遺跡〉の人々とその生活の再現スペースなのであった。

せつらは見向きもせずに歩いた。

通り過ぎた住居らしい建物の内部には、家庭があった。

半球形の炉を囲んだ男の子は、炉の表面で焼かれた肉を頬張っている。

すぐ下の土間では父親が三角形の刃物で獲物を解体し、それを石の皿に乗せた母が、素手で炉に乗せていく。その背中では寝箱に入った赤ん坊が安らかに眠っている。

だが、その獲物は――人間《ひと》ではないのか。

3

「お」

せつらが足を止めた。

前方の目くらましのように入れ違って立つ石柱の間から、ブルゾン姿の男が現われたのである。彼はこちらに背を向けて立った。

一〇メートル以上離れた男へ、せつらは声をかけた。

「隅田さんですね？　奥さまの依頼で捜しに来ました」

普通に話すよりやや高めの声だ。常識では届くはずもない。

だが、男はうなずいた。

「では、こちらへ」

動かない。別の世界が男をその場へ留《とど》めているのだった。この〈遺跡〉が。

何かが風を切った。

せつらの頭上三〇センチほどの高さで、三角形の金属片は二つになって石柱に突き刺さった。

いま、せつらの周囲には数十条の〝守り糸〟が張り巡らされていた。飛翔物はその一条に引っかかったのである。

「邪魔者か」

頭上を幾つもの影が旋回しているのに、せつらは気づけていたかどうか。翼をつけた影から、閃《ひらめ》きが投げ落とされた。せつらの肩がやや動いた。それだけで凶器はすべて二つに裂けて落下した。

同時に、空中を廻る影が、ほとんど一斉にこれも縦に裂けた。妖糸が反撃に移ったのだ。

石床に激突する響きは、これも石のものであった。二つになったのは石の像であり、翼は革製であった。吊《つ》るされていた飛行像だ。

おびただしい影がせつらの周囲から立ち上がった。

のっぺらぼうの兜《かぶと》と鎧《よろい》姿は五〇年前の雑誌のグラビアに登場するロボットのように見えた。信じ難い速度でせつらに突進して来る。

何かいるとはこいつらか。

甲冑《かっちゅう》が青い火花を放った。

無限長の刃《やいば》と化したチタンの糸が太古の鎧に挑み——敗退したのである。甲冑の表面にはささやかな傷がついただけで、彼らは猛然と地を蹴った。

迎え討つ手段はあるか、秋せつらよ。

跳躍し、突進した甲冑たちは、全員同じ場所で停《と》まった。手をふり、足で蹴り、見えぬ妨害者を引きちぎろうとするその頭上を、せつらは美しい飛翔体と化して飛び、隅田の背後一メートルに着地してのけた。

「とりあえず、上へ」

とせつらは声をかけた。

せつらの仕事は本来、失踪者の居場所を明らかにすることだ。当人を確保し、依頼人と対面させる、或《ある》いは連れて行くのは、別料金となる。今回は確保と対面までの契約であった。

「触れるな」

　と聞こえた。

「？」

「おれは帰って来た。ここを出るつもりはない」

　せつらはうなずいた。事態を呑みこんだのである。超太古の遺跡は、現代人のＤＮＡに反応する何かを含んでいるのか、ここぞ真の棲家《すみか》と言い出す連中は数多い。観光旅行中に姿を消した人々が、集団生活を送る場所を目撃したという人間もいるくらいだ。隅田もそんなひとりなのだろう。

「あなた、ここの住人？」

「そうだ」

　声は古本屋の主人のものだろうが、別人のように重々しい口調は、彼が心身ともに別の世界に属していることを告げていた。

「お名前は？」

　少し間を置いて、

「――わからん」

「隅田貞作という人を知りませんか？」

「知らん――いや……待ってくれ……」

「少しは心当たりがある――オッケです」

　せつらが何かしたようには見えなかったが、隅田らしい男はふり向いた。

　五〇年配の、何処にでもある男の顔がせつらを見た。髪がひどく薄い。

「――では、上へ。隅田さん」

「待て――待ってくれ」

　鈍《にぶ》く硬い音がせつらをふり向かせた。網にかかっていた甲冑どもが向かって来たのである。ふたたび妖糸に遮《さえぎ》られたアナクロな敵を、せつらはろくに見もしないで、隅田の腰に腕を廻《まわ》した。

　三秒とかけず、二人は通路の上に立っていた。

　せつらが歩き出すと、隅田もふらふらとついて来た。二人をつなぐものは何もないように見えるのに、操られている風な動きであった。

「もう一度」

飛ぼうと言うつもりだったのか。

左方から起こった足音が、せつらの動きを停止させた。

巨大な影が五体ほどやってくる。あの巨人像だと見抜いたとき、せつらは床を蹴った。

舞い上がった二つの身体は、巨人たちのうち一体の脚の間をくぐって床の上に降り立ち、もう一度宙に躍った。

せつらの狙いは一気に入口まで、であったろう。だが、あと五〇メートルという地点で、彼は自分が巨人像の眼の前にいることに気づいたのである。

「〈迷宮〉へ迷いこんだかな」

のびてくる石の手から、かろうじて隅田もろとも跳び下がり、せつらは後方に甲冑たちの足音を聞いた。

「面倒臭い」

せつらはもう動かなかった。

代わりに石像たちが行動に移った。おかしな行動に。

妙にぎくしゃくした動きで甲冑の群れの方を向き——襲いかかったのだ。

片手の拳《こぶし》に三体ずつ——一気に握りつぶそうと指が絞まる。

次の瞬間、指も手の平も爆発した。

どっと地上へ落ちた甲冑のひとつが、素早く巨人像に駆け寄り、その膝の皿へとパンチを叩きつけた。武器を備えぬ甲冑には確かにより原初的《プリミティブ》な力《パワー》が必要であろう。巨人像の膝は、木《こ》っ葉《ぱ》微塵《みじん》に粉砕されたのである。

がくりと膝をついたところに、反対側の膝へ蹴りがとんだ。

両脚の下半分を失った巨人像はゆっくりと前へ倒れ、しかし、急に右斜めに身をよじって、仲間の肩を借りて立ち上がるや、大きく左へ跳んだ。甲冑たちの真っ只中《ただなか》へ。

　何十体かがつぶされたのは間違いない。

　せつらは、入口の手すりに巻きつけておいた妖糸を探った。それこそが〈迷宮〉を脱出する唯一の手段であった。

　〈迷宮〉は空間の歪《ゆが》みによって造り出される。妖糸はかろうじて二つの空間を貫いていた。

　それを右手に、隅田の身体を左脇に抱えて、一気に入口――脱出口へと飛んだ。

　そこからエレベーターの方へと急ぎながら、せつらは巨人像に巻きつけておいた妖糸を解いた。〃操りの糸〃の攻略点《ポイント》は難しい。首、手、腕の回転部が殆《ほとん》どだが、最悪の場合は脳髄《のうずい》を搦《から》め取る。勿論《もちろん》、今回が前者なのは言うまでもなかった。

　地上ですぐ、〈区内〉にある隅田の妻が待機中のホテルで二人を会わせ、所定の金額を受け取ると、夕暮れどきであった。


　隅田の妻は家まで付き添ってくれと申し込んだが、せつらは断わって、二十数分後〈左門町《さもんちょう》〉のとある古道具屋の前に立った。

「小柄《こづか》でしたね。いいのが入りましたよ」

　ガラスケースを並べた土間の向こう――座敷の上で胡座《あぐら》をかいた白髪頭の主人は、よっこらしょと立ち上がって、奥の障子を開けて向こうへ入り、紫色の天鵞絨《ビロード》張りのケースを手に戻って来た。

　小卓の上に置いて蓋《ふた》を開くと、三条の光がせつらの瞳《ひとみ》に点《とも》った。

「触っていい？」

「どうぞ」

　銀色の光は、つまみ上げたせつらの指先で一五センチほどの小柄――のような武器に変わった。

「違う」

　とせつら。小柄ではないという意味だ。

「左様。日本製ではありません」

　と主人は眼を細めた。

「あちこち傷だらけだ。年代ものだね」

「ざっと二〇〇〇年以上。売りに来た奴に言わせると、BCとADの境くらいだそうです」

紀元前と紀元後の中間となると、紀元ゼロ年か。

「どう見ても、ただの鉄製ですが、錆《さび》ひとつない。売りに来た奴は三〇年所有していましたが、一度も手入れをしなかったにもかかわらず、今のままの状態だったそうです」

「へえ」

せつらは手の平の上でバランスを取りながら、

「あの時代によくそんな品があったね」

「小柄と似て小柄ではありません。その重さからして手裏剣と同じ——殺人道具です」

せつらの求める小柄とは、武士が刀に差して携帯し、楊枝《ようじ》を削ったり、後ろの部分で蒸れた頭皮を掻《か》いたりするものだ。

主人は上眼遣いにせつらをちらと見て、

「あなたには、そちらの方がお似合いかと」

「は？」

「いえ、何でも」

俯《うつむ》いている。とぼけているのもあるが、せつらの美貌相手では、こうしないと保てないのだ。

せつらは少し眺めてから箱へ戻し、

「幾ら？」

「一五〇〇万で」

「買った」

「そう来なくては」

函《はこ》を手にした主人が、いそいそと奥へ下がると、せつらはいつの物とも何処の物とも知れぬ古道具が並んだ店内を眺めた。

古道具屋には、死んで時間が留まっているものだが、〈新宿〉のこの店は古い時間が生きていると評判であった。

剥製《はくせい》でしかない狼《おおかみ》やペルシャ猫、虎の唸り声が洩《も》れ、大鷲《おおわし》やコンドルや鷹《たか》の羽搏《はばた》きが聞こえる。冷たい気配にふり返れば、ウインドウに飾られた古い水干狩衣《すいかんかりぎぬ》をまとった影たちが、こちらを見つめている。

せつらの周囲を白いものたちが囲んでいた。

男かも女かも人間かもそれ以外かもわからない。

魅入《みい》られているのだ。その美貌に。

色褪《いろあ》せた小皿を「夏時代《か》?」と記されたケースに戻したとき、表のガラス戸が開いて、水色のコートを着た女が入って来た。

つけ睫毛《まつげ》の下の眼も、外人並みに形の良い鼻梁《びりょう》も、派手《はで》なルージュを塗った唇も異様にエロチックなのに、清雅なあじさいを思わせる美女であった。

突然、時間たちが混乱した。

それぞれが所属する品に吸いこまれていく。

古い蛍光灯が侘《わび》しげに照らし出す現代の中に、せつらと――美女だけが残った。

店内を気もなさそうに見廻しただけで、女はせつらのところにやって来て足を止めた。

「ここでは時々、おかしなことが起こります」

話しかける相手はせつらだろうか。眼は帳場の方を向いている。そこには誰もいない。

「あるはずのない品が、ずっとそこにあったように、棚の片隅に置かれていたり、古い切手が一枚、ケースの中から消えていて、お蔭で六〇年も前に出したきり行方《ゆくえ》不明だった手紙が差し出し人の恋人の下へ届いたり。差し出し人は切手を貼り忘れていたの。手紙には結婚してくれと書いてあったそうです。差し出し人も恋人も、もうこの世になかった――と言ったら、哀《かな》しんでくれますか」

せつらは黙って歩き出した。店の北側に小さなドアがある。

ドアの蝶番《ちょうつがい》がきつそうな音をたてた。

二帖《じょう》ほどの空間に、表とは別の品が並んでいた。

第二章　生きるべき世界

1

ドアを除いた四方の棚から、蜘蛛《くも》の巣まみれの仮面がせつらを見つめている。その隣りには錆だらけの角燈《ランタン》、造花と思《おぼ》しい薔薇《ばら》の花束、古風な銀の燭台《しょくだい》、青銅の表紙をつけた古書、絢爛《けんらん》たる衣裳《いしょう》をまとった仏蘭西《フランス》人形。縄で巻かれた手紙の束。

床には原始部族の品としか思えぬ笛やトランペット――笛の一本を摑んで、ためつすがめつしていると、背後で、

「それは吹矢ですわ」

と聞こえた。ドアを開けた気配もなく、あの女だった。

白い手が長い武器に触れた。せつらが手放したそれを、女は彼の右肩に乗せて、片端を咥《くわ》えた。

吐息のような音が反対側の端から洩れると、その延長にあたる壁の表面に、かっと三角錐《すい》の針が突き立ち、ゴキブリらしい虫が痙攣《けいれん》した。

「何か？」

とせつらが訊いた。

「やっと関心を持って下さいましたのね」

女が薄く笑って吹矢筒を戻した。

「いま、ご主人から聞きました。〈新宿〉一の人捜し屋さん。捜すのは人間だけ？」

「料金次第《しだい》」

こういうリアルな返事をしても、他人には茫洋《ぼうよう》たる夢の中の美しい王子の言葉としか聞こえない。

「捜していただきたいものがあります。お金に糸目はつけませんわ」

せつらは円筒の容器に収まった杖《つえ》の中から一本を取り上げた。

「何を？」

女はある名前をささやいた。せつらは、

「へえ」

と言った。

「詳しいことは、これに。一緒のカードは五〇〇万円までおろせます」

せつらのコートのポケットに分厚い封筒が滑り込んだ。

「お名前」

依頼を受けたらしい。

「牧ラジアと申します。履歴《りれき》と連絡先もここに」

「どーも」

よろしくお願いしますと告げて、女——ラジアはドアを開けて出て行った。

少ししてせつらも店へ戻った。ラジアの姿はもうない。

「毎度」

主人から店の名が入った紙包みが、せつらからは現金が差し出された。

札の束を見ながら、主人が呆れたように、

「いつもキャッシュだ。余計なお世話だが、幾ら持ち歩いてるんだね？」

「余計なお世話」

と返して、自分を指さし、

「職業を訊いた？」

「あの女がかい？　いいや」

最初からせつらのことを知っていての依頼だったのだ。偶然ではあるまい。いつ何処《どこ》から尾《つ》けていたものか。

「どちらにしても、遠いなあ」

こう言ってから、込められた感慨の深さに、せつらは少し驚いた。

〈高田馬場駅《たかだのばばえき》〉近くの坂上に並ぶ〈魔法街〉の中でも、特別敷地の広い住宅へ、梶原〈区長〉が訪れたのは、翌日の午後二時過ぎであった。

黒いマントに身を包んだ家の主人トンブ・ヌーレンブルクへ、彼はある依頼をした。

「まさか、あれが」

と太った女魔道士は眉を寄せ、

「わかった。調べてみよう」

と応接間兼居間の椅子から立ち上がった。

しばらくして、凄《すさ》まじい爆発音とともに家が揺れ、トンブが消えた廊下の窓から虹色の煙が噴き出して、室内を駆け巡った。

慣れているのか、即座に天窓が開き、壁から突き出た止まり木を摑んでいた大鴉《おおがらす》が大空へと逃亡、金髪に紫天鵞絨《ビロード》のドレスを着た娘が、でっかい吹子《ふいご》のような道具を抱えて現われ、

「えいしょ、えいしょ」

と二本の把手《とって》を開けたり閉じたりしながら煙を吸いはじめた。どんな仕掛けか、四〇畳はある部屋に充満していた煙は、三度の開閉で完全に革製らしいその中へ吸いこまれてしまい、梶原はふと、

——今のででぶも吸いこめるんじゃないか
と思ったが、それよりも、

「——ご主人は無事か?」

と目下の大事について訊いた。


「しょっ中ですので」

と金髪の娘は答えた。艶《あで》やかだが硬い肌、青い瞳は純粋な青玉《サファイア》——この娘の正体は人形だ。

娘の言葉どおり、美しい爆煙の中から顔中煤《すす》だらけの肥満体が飛び出て来て、

「わかったわ」

と胸を張った。その姿があまりにも、ある知人に似ているので、梶原は自然に、

「ぶう」

と洩らした。

幸い聞こえなかったらしく、トンブは続けて、

「〝無名兵士の槍〟は、この街にゃあないね」

と宣言し、梶原の望みを打ち砕いた。眼の前に闇のベールを広げながら、彼は拳を握りしめて誓った。

——なんてこった、それじゃ〝ロンギヌスの槍〟を持った連中の好き放題か。世界はどうなる。あれを食い止められるのは〈新宿《ここ》〉だけだ。絶対、〈区

外〉へなんぞ出しちゃならんぞ。槍の授ける利益は、〈新宿〉と――わしのものだ

梶原が不遜《ふそん》な信念の炎を胸中に点《とも》した頃、秋せつらは〈愛住町《あいずみちょう》〉の商店街の一軒――「遠山《とおやま》米店」を訪問していた。

中へ入るや、「コシヒカリ」「ササニシキ」「あきたこまち」「ひとめぼれ」「つや姫」等々のプレートをつけたタンクの前で、「つや姫」の栓をひねって、一升枡《ます》に盛っていた主人らしい男が、せつらを見た。

「あ」

半《なか》ば恍惚《こうこつ》状態に陥《おちい》った。

「米」と紺地に白く抜いた前掛けを着けた、鈍重そうな男だが、せつらの美貌はどんな人間も持つ美意識を万倍に増幅させてしまう。後は、美しいものは美しい、だ。

「なな何でしょう?」

男はおかしな質問をした。米屋に用がある客とは到底思えなかったのである。

「こちらの地下にある米袋を拝見したいのですが」

名刺を渡しても、主人は茫と突っ立っているばかりだったが、数秒後、

「えっ!?」

と気色《けしき》ばんだ。ようやくせつらの用件を理解したのである。

「あんた、誰だい?」

虚ろな中にも疑惑と用心の滲《にじ》む声で訊いた。

「名刺」

と答えて、せつらは、

「おたくで販売する米、評判いいですね」

と言った。

〈愛住町〉「遠山米店」で売られる米の美味《うま》さは、「〈魔界都市〉ガイドブック」にも

「芸術的」

と明記されているほどだ。しかも、買った家には何かと幸運が続き、「遠山米店」の米は、〝幸福米〟

と呼ばれ、新規の客は軒並み断わられてしまう。

「う、うちの米なら、もう注文だけで一杯だ」

「米袋」

とせつら。

「あ、あれは——その——どうして?」

「売ってもらいたい」

「そ、それは——あんた——無理だよ。た、ただの布袋だ」

「見せて」

せつらは主人に近づいた。彼はそばの机にとびかかって、引出しから旧式のブローニングM１９１０を抜き出し、せつらに銃口を向けた。

「来るな。止まれ」

殺意を含んだ声だが、銃口は激しく震えた。彼はせつらを真正面から見てしまったのだ。恍惚の虜《とりこ》にならなかったのは、すべてを失う恐怖の力であった。

「射つぞ、射つ。そして、おれもあんたと一緒に死ぬ」

せつらの手がのびて、短い銃身の先に触れた。あっさりと拳銃は腕ごと左へのけられた。

「あ……あああ」

「地下へ」

せつらは微笑《ほほえ》んだ。主人にとってこの瞬間、すべては終わったのだった。

二人は店の外へ出て、裏の倉庫へ廻った。

米俵が山と積まれた床のひと隅に、四角い鉄扉が食いこんでいた。

せつらの指示するままに、主人はカードを取り出し、スリットに入れた。

ごくん、と音をたてて分厚い鉄扉の一方の端が持ち上がった。

2

それを開くと木の梯子《はしご》が見えた。何となく市井《しせい》の米屋らしい。

「入って」

せつらに言われるままに、主人は梯子を下りた。

三メートルほどの深さであった。明かりは点《つ》いていないが、物ははっきりと見える。

下り切った主人は、すうと降って来たせつらを見ても驚きはしなかった。感情はすべて恍惚に呑み込まれていたのである。

地下室は五坪ほどで、米俵やブリキの米櫃《こめびつ》が並んでいた。

天井から照明光が一条、北に当たる壁の前に置かれた木の台とそこにかけられたむさ苦しい一枚の布袋を照らし出していた。

米屋の主人が素早く十字を切った。

別に彼がカソリックでもプロテスタントでもおかしくはないが、その瞬間、彼はせつらの美貌とは異なる宗教的恍惚の虜と化していた。

「見たい」

とせつらは言った。ふたたび世俗の感情に帰属した主人は、うなずいて袋に近づき、その前に跪《ひざまず》くや、素早く十字を切り、両手を組み合わせて、何やら祈りらしいものを唱《とな》えた。

心底神を信じる敬虔《けいけん》さに溢《あふ》れたその姿は、茫洋たるせつらの表情さえも、さらに緩ませた。

祈り終えると、主人は立ち上がり、恭《うやうや》しい手つきで布袋を捧《ささ》げ持ち、せつらの方へやって来た。

手前に米櫃があった。上蓋を上げて、主人は内部の一升枡に山盛りに米を盛り、眼を閉じまた何やら唱えてから布袋に流しこんだ。

数秒後、袋の中身を米櫃に戻して蓋を閉め、せつらのところへやって来ると、彼は袋に手を入れ、ひと粒の米をつまみ取った。

眼の前に突き出されたそれを、せつらは手に取り口にした。言いようもないぬくもりが全身を包んだ。

「ひと粒の麦なれど、幸せは一度訪れる」

と主人は言った。そのとき、ぬくもりはせつらから去っていた。

袋を受け取ってすぐ、せつらは袋の口から内側を覗《のぞ》いた。底には何もなかったが、片方の面に黒い影のような染みがとんでいる。

「イエス・キリストの血」

とせつらはつぶやいた。

〝兵卒どもイエスを十字架につけし後、その衣をとりて四つに分け、おのおのそのひとつを得たり〟

――その〝ひとつ〟がここにある。食《は》む者に幸せを持たらす米袋として。

かたわらで、主人が、主よ、とつぶやいた。

せつらが口にしたのは、新約聖書の「ヨハネ福音書」の一節である。

刑死したイエス・キリストと衣裳《いしょう》に関しては、その姿を写したという〝トリノの聖骸布《せいがいふ》〟が有名だが、イエスの死体を包んだという聖骸布と異なり、ヨハネが描いた〝衣〟とは、イエスが十字架上で身につけていた衣服とされている。

「ヨハネ伝――」によれば、〝衣〟は四つに分けられ、四名の兵士がそれを手に入れた。また、〝下衣《したぎ》を取りしが、下衣は縫目《ぬいめ》なく、上より惣《すべ》て織りたる物なれば、兵卒ども互いにいふ。『これを裂くな、誰《た》がうるか鬮《くじ》にすべし』（中略）兵卒ども斯《か》くなしたり〟

以後、この上衣と下衣――〝聖衣〟の行方は杳《よう》として知れない。

否、いま知れた。〈魔界都市〉の一角にささやかに営《いとな》まれる米屋の地下室に。

せつらは携帯を取り出し、ある番号をプッシュした。

「牧です」

古道具屋の美女の声が応じた。

「お望みの品を確認しました」

わずかな沈黙の後に、

「これから伺います。それまで確保願います」

牧ラジアの声には、興奮がゆれていた。

「承知」

と応えて、せつらは「遠山米店」の住所を伝えた。

「売るか貸し出すか、どちらも拒否するかはお任せ」

こう言って、せつらは主人に米袋を返した。安堵《あんど》の表情が迎えた。

主人を残して、せつらは軽く床を蹴って地下室から浮き上がった。

二〇分ほどでラジアが到着した。屈強な背広姿が二人ついている。ボディガードだろう。

「お手数でした」

ラジアは微笑した。

「〝聖衣〟は何処に?」

「地下です」

せつらは答えて、地下の出入口を指さした。

「ご苦労だったな」


男のひとりが、ラジアをせつらの方へ突きとばして、拳銃を抜いた。M17ことSIG・P320スペシャル——米軍制式拳銃に消音器《マフラー》を装着した武器だ。

「ごめんなさい。電話を盗聴されたらしいわ。家を出たところを」

「オッケ」

せつらの指に、引金《トリガー》を引こうとする指の動きが伝わって来た。用無しは即射殺する。プロだ。

「うお」

男は叫んで、鋭い痛みが食いこんだ人さし指を見つめた。無かった。引金はもとの位置にあったが、人さし指は、掛けた部分から欠けていた。

新たに引金に指を掛けることは出来なかった。骨の髄まで食いこむ激痛がプロの殺し屋たちを金縛りにした。痛みのせいで彼らは夢心地ですらあった。

「やっぱりね」

ラジアは彫像と化した二人を眺めてから、せつらに笑いかけた。

「あなたに任せて良かったわ、私だったら——わかるでしょ?」

せつらは少し笑って見せた。

「こいつらは?」

ラジアが訊いた。

「蔵前《くらまえ》グループという暴力団の構成員。そっちの顔を見た覚えがある」

「どうして私を?」

「訊いてみ」

突然、せつらが知っていると言った男の身体がゆるんだ。妖糸の呪縛がゆるんだのである。

ラジアが近づき、

「このハンサムさんのお蔭で生命《いのち》拾いしたことね。誰に頼まれて私を尾行していたの?」

「おれたちの趣味さ。どうだい、今のこたチャラにして仲良くしねえか?」

「あら、愉《たの》しそうね」

「そうともさ。おれのコックは電動式に替えてあるんだ。一秒六〇回で突きまくってやるぜ」

「感動的な申し込みね。ゾクゾクして来たわ」

ラジアは右手で男の頬に触れた。肌に赤味がさした。明らかに欲情している。

「その気になったかい、姐《ねえ》ちゃん。じゃあ、とっと」

小莫迦《こばか》にしたような男の表情が変わった。

ラジアは人さし指の爪先で男の顔をなぞりはじめていた。真っ赤なマニキュアを施《ほどこ》した長い爪であった。

「何——しやがる!?」

男が悲鳴を上げた。爪は皮膚を貫いていた。

それが朱《あか》い弧を描き終えても、血は流れなかった。ラジアは額のあたりで四本の指をかけ、一気にそれを引き剝いだのである。男の悲鳴は、しかし上がらなかった。痙攣《けいれん》すら走らなかった。せつらが咄《とっ》嗟《さ》に妖糸を使ったのだ。

ラジアは今度こそ血のしたたる生皮を手に、真っ赤な筋肉と血管の化物となった男の顔に顔を寄せ、その唇に唇を重ねた。

「前よりいい男になったわよ。こちらとは及びもつかないけれど」

ちら、とせつらを見てから、もう一人に近づいた。

「あなたも一枚提供してくれる?」

そちらの糸もゆるんでいた。

男は恐怖に顔をこわばらせながら、

「てめえ――狂ってやがるのか!?」

と叫んだ。

「いたって正気よ。あなたもそうでしょ? なら、質問に答えられるかしら?」

「真っ平だ」

と男は鼻先で笑った。皮を剝がれた男の方も、苦痛は別として、さしたる動揺は感じていなかったかもしれない。これくらいの復元手術は、その辺の病院や露天の〝即製変顔法〟でも簡単にやってのけるからだ。

「残念だこと」

ラジアの爪が一閃《いっせん》した。それは空中に朱の一線を引いた。男の首にもまた。

ぼっと血の霧が噴いた。男はのけぞった。薄皮一枚でつながった首だけが。

噴き上がる血潮《ちしお》はラジアの仰向《あおむ》けた顔と全身に降り注いだ。

――洗濯はどうする?

とせつらは考えたかもしれない。

やがて男が立ったまま絶命すると、ラジアはその顔の皮も剝ぎ取って、顔ばかりか腰のあたりまで血だらけの顔無しに近づいた。

「ああなりたい?」

「いいや」

「なら、教えて、誰に頼まれたの?」

「あばよ、それはなあ――」

男の身体を痙攣が襲った。死の手が心臓を鷲摑《わし》みにしたのだ。この男も立ったまま息絶えた。

「薬かしら?」

ラジアが平然と訊いた。

「告白の心理状況になったとき、心臓に埋めこまれていたカプセルがドカン、と」

「そういう手を、この街の暴力団はみな使うの?」

「はあ」

「新しい依頼を引き受けて貰《もら》いたいわ」

「はあ」

「こいつらに私の殺害と聖衣の奪取を命じた黒幕を捜して」

「後で契約を」

「いいですとも」

二人は立ち姿の死体を残したまま、倉庫へと歩き出した。

突然、出入口の孔《あな》から炎の塊りが噴出した。


「しまった」

熱気を避けて後退しつつ、せつらは交渉に応じると明言した主人に、妖糸を巻いておかずにいたことを悔んだ。

彼は聖なるものと滅びる殉教者の道を選んだのであった。


それから約一時間後、「蔵前グループ」会長・蔵前雅王《まさおう》は、世にも美しい訪問者を迎えた。

〈須賀町《すがちょう》〉にある事務所の応接間へ通すと、蔵前はまず、

「いい度胸だな」

と言った。

「うちの二人のコンタクトレンズには、テープ・カメラが貼りつけてあってな。あんたらがあいつらを倒したことも、あんたがここへ来ることもお見通しなんだぜ。それにしても、たったひとりたあいい度胸をしてる。どうだ、うちの組へ入らねえか?」

「この件が済んだら考える」

せつらは微笑した。

めまいが蔵前を襲った。組員の眼を通して、彼はせつらを見ていたのだ。始末するための会見であったが、実は隠微な本能的欲望に促されているのかもしれない。

彼はとろけかかった精神《こころ》をかろうじて立て直し、

「殺《や》っちまえ」

と命じた。

天井のコンピュータはこの指示に反応し、熊の置き物の両眼や、複製画の踊り子の十指等に仕込んだレーザー発射器から、灼熱《しゃくねつ》のビームをせつらに浴びせるはずであった。

何も起こらない。

「殺っちまえ」

声を限りに叫んだ。

今度こそ、ビームは美しい訪問者の全身を貫いた。

蔵前は眼を閉じた。無性に悲しかった。頬を涙が伝わった。

眼を開くと、テーブルの向こうに無傷のせつらが腰を下ろしていた。

レーザーへ指示を送ったのも、せつらを焼き殺したと見たのも、すべて彼の妄想《もうそう》だったのだ。

血も涙もない暴力団のボスも、愛する者は手にかけられなかったのだ。そして、秋せつらはすべてを承知の上で、ここへやって来たのかもしれなかった。

「牧ラジアさん殺害と聖衣奪取を命じた者は誰？何処にいる？」

「うるせえ」

蔵前は泣きながら叫んだ。指輪に仕込んだレーザーガンをせつらに向け、そこで止まった。先の二人が殺害実行の寸前、石と化した理由が、いまやっとわかった。だが、手段は謎のままであった。

拷問《ごうもん》の苦痛を味わった者によると、苦痛にもレベルがあり、それは色彩《いろ》で表現されるという。
並みの苦痛は青
かろうじて耐えられる苦痛は緑
限界に近い苦痛は黄色
もう少し続けば発狂か死に到《いた》る苦痛は白
蔵前の世界は白一色に染まっていた。
意識だけが明瞭なその世界の中で、世にも美しい声が、天井からささやいた。
前と同じ問いを。
蔵前はすぐに白状した。

3

「で、その依頼者は何処に?」

せつらからの電話に、ラジアはこう返した。

「残念ながら、目下不明で。蔵前への依頼と指示は全て非通知メール。報酬が一億。本来は相手の素《す》姓《じょう》を知った上で受けるのですが、今回はこの金額が無理を道理に変えました」

「この街で人間二人《ひと》の生命と品物強奪の値段は?」

「約二〇〇万——最高値《さいたかね》」

「安いものね。腹が立って来たわ」

「〈新宿〉ですから」

「——私を尾行していたのは、いつ頃から?」

「二日前。依頼主はホテルを知っていました」

「油断も隙《すき》もない街ね」

「〈新宿〉ですから」

「名前もわからない?」

「一人称でメールが来るとやら」

「『おれだ』?」

「はあ」

「勿体《もったい》ぶってるわね。人間、最後に望むものは神様の座だというけど、本当ね」

「はあ」

「捜索は続けていただけるわね?」

「勿論《もち》」

ラジアは携帯を切った。彼女はせつらが指定した〈歌舞伎町〉ラブ・ホテル街の一室にいた。

その役割が道ならぬ情事から人目を忍ばせることにあるように、この一角の建物の中には、そのまま何らかの事情で身を隠さねばならぬ人々の隠れ家として機能するものがあるのだった。

せつらが指示したホテル「バルドー」はその一軒である。ラジアの部屋には、法外な特別料金の代替として、侵入者を探知するセンサーや、各種武器、脱出用のジェット・パックまでが備えつけられていた。

「あと三枚」

とラジアはベッドに横たわってつぶやいた。

「下衣も含めれば四枚――でも、うち二枚は失われたことがわかっている。何としても、残る二枚を、いえ一枚でも手に入れなくては」

天井に向けた瞳に強烈な意志が燃えた。

不意にそれは消え、別人のように哀切で淫《みだ》らな光がとって変わった。

「秋せつら」

とラジアは喘《あえ》ぐように洩らした。低いが万感こもるつぶやきであった。

ベッドの上で妖しい軟体動物のように蠢《うごめ》きながら、ラジアは衣類を脱ぎ捨てていった。

「こんな気分のときに――あの男《ひと》の顔が出て来るなんて。やめて、私の頭の中から出て行って頂戴」

表明とは別の結果が生まれていると証明するかのように、ラジアは紫色のブラとパンティだけが守る裸体をさらしていた。

右手が細い布地の上から、危険な部分をこすりはじめると、吐息を合図に左手がブラをずり上げ、乳房を揉《も》み出した。

「ああ……こうされたい」

白い繊手《せんしゅ》と指は、男のもののように荒々しく間に食いこみ、こすり続けた。

女の脳裡《のうり》には美しい若者の顔だけが灼《や》きついてい

た。

「早く……早く来て……私の中に……」

声は指を布の下に導いた。最も敏感な部分に触れると、ラジアは自ら逃れるように腰をひねった。

手は離れなかった。

どこまでも尾《つ》いて来た。

それは彼女の指ではなかった。

笑っている。闇の中で、白くかがやく業欲が自分に微笑んでいる。

「私のものよ」

と叫んだ。悲叫ともいえる声であった。

彼の指は、ラジアしか知らぬ動きで、ラジアしか知らぬ部分を責め抜いた。

黒い波がのしかかってくる。波のあちこちは赤い炎を噴いていた。

「来て、来て、来て」

黒い波に呑みこまれる寸前、ラジアは意識を失った。


「あと二枚――〈新宿〉にある？」

せつらの眼の前で、肘かけ椅子を埋めた巨体が、うーむと分厚い唇を歪めた。

トンブ・ヌーレンブルクである。

昼間、七色の煙が蹂躙《じゅうりん》した居間兼応接間には、天窓からの夕暮れの光にあちこちに点された燭台《しょくだい》の蠟燭《ろうそく》の炎が、霧の中の灯のように滲《にじ》んでいた。

古い棚の上には大鴉が翼を休めているが、人形娘の姿はない。台所でお茶を淹《い》れているのである。

「うーむ」

トンブは眼を閉じ、宙を仰いだ。昼間、梶原〈区長〉が武器と衣裳の差こそあれ、同じ質問をしたことなど知らんぷりだ。

「しばらくお待ち」

トンブは立ち上がり、例のごとく奥の廊下へ消えた。

入れ違いにトレイを掲げた人形娘がやって来て、

せつらの前にティーカップを置きながら、

「昼間、〈区長〉が来ましたよ」

　と何気なく言った。

「へえ。用件は?」

　せつらも知らん顔で訊いた。その辺は阿吽《あうん》の呼吸だ。

「〝無名兵士の槍〟がこの街にあるか否かです」

「答えは?」

「無し、でした」

「ふむふむ」

「私――嘘《うそ》っぱちだと思います」

　強い軽蔑《けいべつ》の口調に、せつらはうなずいた。口元が薄く笑っている。

「どうして?」

「トンブ様は〈区長〉がお帰りになるや、駅前の中華料理屋から『贅沢《ぜいたく》シュウマイ定食』を三つも取り寄せ、

　〽キリスト様が飯のタネ　キリスト様が飯のタネ
　と恥知らずな歌を歌いながら、みんな平らげてしまったのです。それは、あるという証拠です」

「三つもねえ」

　せつらは感心してから、

「しかし、魔道士が依頼人へ嘘をつくのは厳禁」

　これには人形娘も首を傾《かし》げて、

「そのとおりなのですが、あの方に限っては――」

「ふむふむ」

　納得して紅茶を飲み終えたところへ、どんどんと足音を轟《とどろ》かせて、巨体が戻って来た。

　どう見てもロクでもないことを考えていそうな細い眼でせつらを見つめ、

「あるね」

　と言った。

　人形娘が眼を丸くした。

　ヌーレンブルク家を出てから、せつらはラジアに連絡を取った。

出ない。

槍はないが、服はある。居所はわかってるけど、電話には出ない。

「色々と厄介な」

つぶやいて、せつらは眼の前のビルを見上げた。


ラジアが連れ拐《さ》られたのは、シャワーを浴びている途中であった。何の異常もないまま意識を失ったのは、神経ガスのせいだろう。後でわかったことだが、コンピュータ制御のガード・システムは一種のバグによって、この部屋に限り選択的に無効化されていたのである。

眼を醒《さ》ますと、高級ホテルの一室と見紛《まが》う豪華な部屋のベッドに投げ出されていた。

起き上がろうとしても、指一本動かなかった。仰向けの身体が全裸であることが、ラジアを困惑させたものの、さしたる羞恥《しゅうち》に我を忘れることもなかった。

ソファにかけた初老の男から、

「いい眺めですな」

と声をかけられても、慌てはしなかった。

豪華なガウンと海泡石《ミーアシャム》のパイプが似合う男であった。

「この状況で、泣き叫ぶ風もない。さすが『バチカン歴史調査局』のメンバーだ。私はバーナビイ・フロン博士。一介のコレクターです」

「フロン財閥の総帥様だったわね。わざわざご当人がこの国までご出張？」

「この国というより、この街へですな。いや、資料と噂《うわさ》だけが頼りだったが、興味深いなど通り越して、実に凄まじい街だ。事態が進むにつれ、血がたぎって来たよ」

「だったら〈区民〉になったらいかが？　あなた向きの街かもよ。それより、〝ロンギヌス〟は見つかったのかしら？」

「見つけはした。ところが、現在の所有者が交渉に応じんのだ」

「〝ロンギヌス〟だけじゃ、フロン一族の野望は果たせないわ。もう一本必要よ。でなければ必ずあなたの邪魔をする者が出現する」

「〝無名兵士の槍〟か。余計なことをしたものだ」

フロンは遠い眼差《まなざ》しになった。ラジアも同じだった。二人の眼は過去の荒野へと向けられていた。

十字架にかけられた男に槍を持った兵卒が近づき、左腋の下へ、長槍を突き入れる。

〝ただちに血と水と流れいづ〟

そのとき、新旧どちらの聖書にも記されていない事件が起こった。

もうひとりの兵卒が進み出るや、手にした長槍を十字架上の男の反対側——右腋腹へ刺し通したのである。

「〝血流れづ。この槍呪われたりと人々交わし合う〟」

ラジアが天井を見上げたまま口にした。

「『聖書偽外典・巻の一』——一〇巻のすべてが失われて千年を超す。殆《ほとん》どのキリスト教徒の知らぬ一節に、真実がこもっているとはな」

フロンはパイプを咥えて吸った。

煙と声を同時に放った。

「イエスを刺した槍の片方が、その血を浴びたことで、刺し役ともども奇蹟《きせき》となり、無事なままの方が〝呪われた品〟となる。考えてみればおかしな話だ。〝呪われた〟兵卒はどうなった？」

「無名兵士に注目する歴史はないわ。彼はイエスを刺したという事実だけを抱いて、歴史の闇に消えた」

「槍はそうならなかった。〝ロンギヌスの槍〟が世に出るたびに、〝無名兵士の槍〟も出現した。そして——」

ラジアが受けた。

「——〝二槍相闘いて、しかる後、分かれる。ロンギヌスついに勝てず、弾《はじ》かれて湖中に消ゆ〟」

「歴史上に〝ロンギヌスの槍〟が登場するたびに、寄り添う影のごとく〝無名兵士の槍〟も出現し、〝ロンギヌスの槍〟が消えるたびに、影のごとく消えた。〝ロンギヌスの槍〟が持ち主の手から失われたと言われるのは、〝無名兵士の槍〟との闘争に敗れたからだ。つまり、世界を独裁者の手から救っているのは、何と〝呪われた〟方となる。皮肉なものだ」

「だから、あなたも眼の色を変えているんでしょう」

ラジアが弄《いら》うように言った。

「フロン一族――その源《みなもと》はローマ人の兵卒ロンギヌスの血を引く者たち。槍の出現に合わせて暗躍していたけれど、とうとう〈魔界都市〉にまで乗り込んで来たのね」

「〝ロンギヌス〟をこの街の〈区役所〉が所蔵していると知ったのは半月前だ。あれこれ調べ尽くし、根廻しをしていざ、となった途端、強奪されたと来たものだ。運命はなお我ら一族の敵か。いや、今度こそは私の手で一族の大願を成就させてみせる。誰にも邪魔はさせん」

フロンの全身から執念の炎が立ち昇った。彼は立ち上がり、ベッドに近づいた。官能にむせ返るような女体が息づいていた。

「あ……」

ラジアが呻《うめ》いた。両の乳房を掴まれたのである。

「おまえを嬲《なぶ》るために連れて来たのではない。いまおまえがつるんでいる男――〈新宿〉一の人捜し屋だという。聖衣と米屋の件を見ても、確かに傑物だ。彼は何処まで探り出したのか、それが知りたい」

ラジアは嘲笑《あざわら》った。

「私より、当人に訊いたらどう？　さっさと犯すなり殺すなりなさいな。このひひ爺《じじ》い」

「それが近道なのは百も承知だ。だが、あの男――あの美しさを備えていること自体が只事《ただごと》ではない。

調べてみると、敵対者はことごとく死亡、ないし失踪し、依頼の成功率は何と九九・九パーセント。まるで小説だ。こちらからちょっかいを出しても、無駄な死が増えるばかりだ。これでも人命のロスを無視できるほど無慈悲ではないのでな。さ、話してもらおうか」

「真っ平よ。どうする？　身体で言うことを聞かせてみる？」

「そのとおりだ」

フロンはうなずいた。ラジアが硬直するほど不気味で好色な顔つきになって、

「――だが、わしには正直無理だ。いかなる性的拷問にも屈さなかったという伝説の女エージェント。今度もその名を汚さずにいられるかどうか、脇で見物させてもらおう」

フロンは身を放し、ドアに向かって呼びかけた。

「入れ」

ドアが開いた。

入って来た影を見て、ラジアが死相を浮かべた。

第三章　槍《そう》影《えい》貫《つらぬ》けり

1

〈新大久保駅《しんおおくぼ》〉前に建つ「アイドル・アイ」は、この四、五年、〈新宿TV〉のみならず〈区外〉のTV局にも所属タレントを送り込み、その殆《ほとん》どが人気爆発する実績を上げて、一躍内外の芸能マスコミから注目を浴びていた。

　すでに年商五〇〇億を達成し、五〇人超のスタッフのボーナスは、平均五〇〇万、ベテランには一〇〇〇万とスッパ抜かれて以来、タレント志望者のみならず、スタッフ希望者も引きも切らなかった。

　それでも社長の権藤透《ごんどうとおる》の欲望は、底というものを知らなかった。

　今朝、彼は鼻歌混じりで〈四谷《よつや》二丁目〉の自宅から出社し、ある倉庫へ入った。

「これは社長」

　入ってすぐのオフィスから、シャッターを開けた従業員が出て来て頭を下げた。

　真田《さなだ》という三〇になったばかりの男は、会社のスタッフとは別人のような精悍《せいかん》さと凶暴さを漲《みなぎ》らせていた。倉庫には他に一〇人の男たちが常駐し、ある仕事に付随する幾つもの作業に励んでいた。

「どうだ？」

　と権藤は訊《き》いた。

　もとから疲労の翳《かげ》が濃い真田の表情が、さらに重く沈んだ。

「正直——おかしくなりそうです。他の連中も来てます。特に郷司《ごうし》と丹後《たんご》が危ない」

「とっ憑《つ》かれそうなのか？」

「はい。雷電《らいでん》が何とか抑えてますが、あのままだと、一両日中に入院騒ぎになりかねませんや。何か余計なことを口走る前に、ここで処分しちまいましょうか？」

「やっぱり、おれたちにゃあ過ぎた品だったかな」

「正直、そうかもしれません」

「見つけたときは、天にも昇る心地だったがなあ」

権藤は自嘲的な苦笑を洩《も》らした。五〇年配だが、真田に劣らぬ精悍な顔には拭《ぬぐ》いようのない後悔の翳《かげ》があった。

前方に三メートル四方のシャッターが降りていた。

真田が片耳のイヤホーンから伸びている口元のマイクへ、

「社長だ、開けろ」

と伝えた。

錆《さ》びたシャッターはお馴染《なじ》みの響きをたてて上昇していった。

一〇〇坪ほどの空間を、コンテナや木箱の山が埋めていた。

まともな品ばかりでないのは、ひとめでわかる。木箱にもコンテナにも弾痕が生々しい。焼け焦げも目立つ。はなはだしいのは、裂け目から中身を露出させていた。箱の表面には、

新宿区役所輸出課

の文字がくっきりと。具体的になると

妖物A肝臓・抗癌剤用
死者の手・脳障害対策用
エドガー・アラン・ポー未発表原稿・真贋《しんがん》未《いま》だし
国会図書館用

これらはすべて強奪した品であった。

マスコミにも名を売るタレント・オフィスの社長・権藤透は、凶悪をもってなる強盗団「霧の中」の首領なのであった。

だが、全員皆殺しを実行してきた男たちが今、盗み出した品に苦悩しているのは明らかだ。

〝ロンギヌスの槍《やり》〟は、いかなる狂禍《きようか》を彼らにもたらしているのか？

「マジな話、どうなさるんで？」

真田が、咎《とが》めるような眼で社長を射た。

「変わりゃしない。おれがあの槍で世界を手に入れると言ったら、おかしいか？」

「正直、無理とは言いません。ですが、無謀だ。そのためには社長が別の生き物にならなきゃなりません」

「わかってる。覚悟の上だ」

「ならもう何も言いませんが、それならそれで早々に手え打たねえと。〈区長〉と警官、それと情報屋の話じゃ、海外の組織も動いているらしいですぜ」

「そらキリストに関する品だ。誰でも奇蹟《きせき》の恩恵に与《あずか》りてえんだよ」

「そらまあ」

「おれの考えはな、真田」

権藤は急に最も信頼している子分を睨《にら》みつけた。

「最後は〝ロンギヌス〟を持ってゴルゴダの丘に登る。そこで、今も残る最も強烈な霊気を槍に封じ込めるんだ」

「まさか」

「そのまさかだ。おれはこの槍にイエス・キリストの力を与えるつもりなんだ。これで〝ロンギヌスの槍〟は真に世界を掌中に収める力を得る」

「そいつぁ、凄《すげ》え」

真田は絶句した。それだけでは終わらなかった。

小さく——ですが、と言った。

「異議があるなら言ってみろ」

権藤は不快を隠さなかった。

「——怒らんで下さい。何となく、なんですが」

「おお」

これで真田は腹を括《くく》った。

「〈新宿〉を敵に廻《まわ》すような気がするんですよ」

「馬鹿な」

「ええ、自分の勘です。気にしないで下さい。そんな気がするってだけですから」

「わかってるさ」

苦笑が浮かんだ。

急に、破壊音が鳴り響いた。倉庫全体が揺れた。山積みの強奪品が次々に落ちて来る。

すぐに熄《や》んだ。

轟《とどろ》きの余韻《よいん》の中で、真田が前方――スタッフ・ルームに向かって走り出した。今日は全員揃《そろ》っているはずだ。

走り出そうとしたときドアが開いた。よろめき出たのは、遠村《とおむら》という子分だった。

真田はこちらに数歩進んで倒れた遠村に駆け寄って抱き起こした。

「社長、頼みます」

権藤に子分を委《ゆだ》ね、真田はドアへと向かった。

「行くな」

胸の中から発した言葉に、権藤は遠村へ眼をやった。

「駄目だ――行くな」

死神の発するようなその声に、悲鳴が重なった。

真田の声だ。だが、あの豪胆な男が、こんな叫びを――銃声が轟いた。

腕の中で遠村が重くなった。

死体をそこへ置き、権藤は真田の後を追った。

部屋へとび込んですぐ、

「何だ、こりゃ？」

と出た。事態を表わす最良の言葉だった。

部屋は真っ赤に染まっていた。天井まで赤い。血だ。

正面の壁に直径三メートルほどの円が穿《うが》たれていた。間違いない。完璧な円――真円だ。

部屋の真ん中に真田が立って、前方に拳銃を向けていた。

「真田」

声をかけた。

「逃げました……警察へ連絡を……」

狂ったか、と権藤は思った。

周りを見た。真っ赤なものが床や壁にへばりついている。部下だったものが。左方に長い木箱が放り出されていた。蓋の部品が外れてそばに散っている。走って中を覗《のぞ》いた。

何秒かたってから、

「槍はどうした?」

誰に訊くでもなく訊いた。何もかも現実感の無い、夢の中にいるような気がした。

「持ってきやがった」

と真田が呻《うめ》いた。

「早く……警察へ……でないと……世界の終わり……だ」

「郷司か? 丹後の野郎か?」

「雷電です」

一瞬だが、心臓が止まった。

「どうして……あいつが……?」

ここでやっと動き出した。スタミナの塊りのようなこの男は、暴力的な単細胞的行動で仲間にも怖れられている分、憑依《ひょうい》霊、怨霊《おんりょう》の類には強かったのだ。

「あいつが……〝ロンギヌス〟を使ったら……社長……早く警察へ……」

権藤は片腕ともいうべき男の背後に近づくと、顎《あご》と額にそっと手をかけた。

軽く右へ廻すと、頸骨《けいこつ》はあっさりと砕けた。

自分の方を向いた死者の顔へ、権藤はにんまりと笑いかけた。

「警察警察とうるせえ。それにさっきも——〈新宿〉が許さねえ? このおれが世界を手にするのに、誰にも邪魔はさせねえぞ」

彼は真円の破壊孔へ眼をやり、

「かと言って——こいつはなかなか難しそうだ。ま、世界を手に入れるんだ。これくらいのリスクは負《お》わなきゃならんかな」

そして、背後のドアからとび出していった。

血まみれの部屋を白い光が柔らかく照らし出していた。

人間の手では決して作り出せないといわれる巨大なる真円だけが、朱色の部屋を静かに見つめていた。

フロンが招いたものには顔がなかった。

青緑の全身は人間の形を備えているものの、肩から爪先まで左右はズレていた。無毛の皮膚は毛穴全体から液体が分泌されているかのように濡《ぬ》れ光り、それは股間からそびえ立つ男の器官も同じだ。違うのは、その器官の表面が茶色のざらついた鱗《うろこ》に覆《おお》われていることだった。

「有機体人間とでもいうのかな、人間の細胞核から培養してみたのだが、やはり上手《うま》くはいかなかったようだ。出来上がったのは、性的欲望だけを満たそうとする欲情鬼だ。ただし、その一点に関しては凄いテクニックを持っている。どんな女でも耐え切れんよ。さ、マシュー、今日のお相手だ。だが、いつものように殺してはならんぞ。おまえの虜にしてから、問い質《ただ》したいことがある」

そいつの名はマシューだった。

返事もせず、マシューはラジアの押し広げられた股間に身を入れると、愛撫も与えず、突き進んだ。

ラジアは数秒耐えていた。マシューが動き出してすぐ、高い声を放った。

マシューの口のあたりに弦状のすじが走った。細い舌が鞭《むち》のようにしなって風を切った。濡れたそれは抵抗を許さず、ラジアの口に潜り込んだ。

喉から胃まで達した舌を、ラジアは吸いはじめた。

ラジアの枕元にフロンがやって来た。欲情にとろけた眼で、口を犯されている顔を見下ろし、

「抜け」

と命じた。

「感じるか?」

と訊いた。

「少しも」

「そうか――マシュー、二点責めをかけろ」

青緑の身体が、逆向きにラジアにのしかかった。

押しつけられたものを、ラジアは吸いこんだ。

秘所と肛門から凄《すさ》まじい刺激が全身を貫いた。

肛門には指が、秘所には舌が入っていた。それらがどんな動きを示したか、マシューの器官を口にしたまま、ラジアは弓なりにそり返った。二点からほじくり出される快感は、この世のものではなかった。

声もなく身をよじり、手首の縛《いまし》めがちぎれかかるほどのけぞって、ラジアは失神した。

2

覚醒させたのも快感であった。舌と指は攻撃個所を替えていた。新しい快感の波が、女体を貫いた。あらゆる神経と内臓が反応し、ラジアは心臓でもセックスが可能になったような気がした。


「やめい」

フロンが止めるまで、何度イったかわからない。マシューの顔から激しく液体がこぼれた。ラジアが吹いた潮であった。

「感じるか？」

フロンが訊いた。

「感じる……わ」

「しゃべる気になったか？」

「…………」

「どうだ？」

眼前で繰り広げられた肉の営みと叫びに、フロンも昂《たかぶ》っていた。

ガウンの間から彼は自分のものを取り出し、ラジアの口に入れた。ラジアは吸いはじめた。結果はすぐ現われた。

「お……おお……こんなはずは……ない……二〇年も勃《た》たなかった……のに……おまえが口にしただけで……信じられん……行くぞ」

全身を震わせて、彼は放った。ラジアは呑《の》み干した。それを確かめ、離れようとした器官へ新たな刺激が絡みついた。

「ま、まさか……おお……何だこれは？……硬くなっていく……いま放った……ばかりだぞ……おお……牧ラジア……おまえはこの世のものか？」

女が口を開いた。フロンはベッドをその両脚の方へ廻った。

足首の縛めを解くや、たくましい腿《もも》をすくい上げるように持って肩へ乗せ、マシューの後を継いだ。ラジアの反応は、マシューのときより激しかった。

泣き叫び、縛めをちぎらんばかりにゆらす手が、自分を抱きたいのだと悟って、フロンは汗にまみれた白い両腕を自由にした。

「ああ」

と呻いて、ラジアは両腕をフロンの首に——巻きつけようとして、相手は失われた。

凄まじい力で引き離されたフロンの身体は、背後の壁まで七、八メートルは飛翔し、重く鈍い響きをたててぶつかり、床に落ちた。

熱く煙った眼で、ラジアはのしかかってくる犯人を迎えた。

「そんなに、私の身体が欲しい？　創造主に反旗を翻《ひるがえ》すくらい？」

ラジアはうわごとのように言った。マシューはすでに彼女の内部《なか》にいた。

ああ、ああと喘《あえ》ぎながら、ラジアは両手で人造人間の首を巻いた。唇を舐《な》めながらささやいた。

「おまえの主人を仕留めるつもりだったのに、余計な真似《まね》をしてくれた……けれど、これ以上の快楽には私も耐えられない。我を忘れておまえのテクに溺《おぼ》れる前に——さようなら」

赤い爪がマシューの首を横に貫き、後方に引き裂いた。骨まで砕けた。

マシューはラジアの首に手をかけ、激しく絞めつけたが、窒息寸前で、がっくりと前へのめった。

その身体を押し放し、ラジアはベッドから下りた。

フロンは床の上からぼんやりと天井を見上げていた。打撃の衝撃から抜け切れていないのだ。ラジアが近づいて来るのさえわからないと、その表情が語っていた。

「フロン一族——あの槍は確かに、ロンギヌスの血が流れるおまえたちが持つのがふさわしいのかもしれないけれど、世界の覇者には私たちがなる。お別れだ」

近づくラジアの長い爪の下で、豪華なペルシア絨毯《じゅうたん》には青緑のすじが長々とついていた。マシューの血であった。フロンの右の横で足を止め、ラジアは爪の先を彼の喉に突きつけた。

「別れる前に言っておくわ。私が愛《いと》しい男の用意してくれたあのマンションから抵抗もせず拉致《らち》されて来たのは、すべておまえを斃《たお》すためよ。大成功だったわ」

死を授ける圧倒的な驕慢《きょうまん》と勝利の歓喜をこめて赤い爪は上がった。

世界が揺れた。地震ではない。〈魔震〉の余震かと考えたラジアの顔に安堵《あんど》が浮かび、すぐ消えた。

揺れは爆発であった。それもすぐ近く——この建物に生じた。そして、そこから何かが近づいてくる。そう感知し得たのは訓練によって研《と》ぎ澄《す》まされたラジアの五感ゆえだ。

何者かが、まっすぐここへやって来る。早い。もう——ドアの向こうに⁉

ドアが爆発した。驚くべきは破壊音が皆無《かいむ》だったことだ。それでも床に伏せたラジアの肩や、顔を庇《かば》った腕に小さな灼熱《しゃくねつ》がめりこんだ。尻の間が切り裂かれる痛みを、ラジアは必死にこらえた。

破片の襲撃から、稲妻の速さで身を起こした彼女の見たものは、戸口に開いた円形の破壊孔と、あたかも紋章《エンブレム》のごとくその中央に立つ人影であった。

見たこともない中肉中背の日本人だ。革ジャンの下はTシャツ、その下はジーンズ。この国の労働者であろう。ラジアが注目したのはその姿ではなく、男が縦に持った長槍であった。

「〝ロンギヌスの槍〟――いきなり、ここへ⁉」

「おれは『霧の中』の雷電だ」

男は抑揚のない――術にでもかかったような声で言った。

「望みはこの槍で世界を征すること。力を貸すと槍は言った。そのために邪魔になる連中を、早急に始末しろともな」

「待って！」

ラジアは叫んで裸の胸を叩《たた》いた。豊かな乳が激しく揺れたのを見ても、否、全裸の女体そのものを見ても、彼は眉ひとすじ動かさなかった。

「私はあなたと敵対するものではないわ。ね、話し合いましょう」

「嫌だ」

彼は穂に近いところを握っていた。その位置を変えずに、ぐいと前方へ突き出した。

何が起きるか知っているのは、権藤透だけだったであろう。凄まじい重量が八方から自分に押し寄せるのをラジアは感じた。

だが、うっと呻いて雷電は左手で右腕の肘を押さえた。肘はなかった。摑《つか》んだ槍ごと床に落ちたのである。鮮血のしたたりがその直後を追った。

ラジアと雷電が槍を取ろうと身を屈めた。

槍はふわりと浮き上がるや、腕ごと窓の方へ飛んでいった。

いつからそこに？　忽然《こつぜん》と立つ影の手がそれを摑んだ刹那に、雷電の腕は、五指をきれいに切り離されて床へ落ちた。

「秋せつら」

世にも美しい人捜し屋が、依頼人に巻いた千分の一ミクロンの糸を辿《たど》って、ここを訪れたのであった。

窓から現われたのは、空中を飛翔して来たからだ。ご丁寧に鍵も外したらしい。それをどうやって、と訝《いぶか》しむ前に、ラジアは走り寄り、雷電とフロンを指さして叫んだ。

「殺して、こいつらを」

「人捜し屋」

とせつらは答えた。殺しは請け負わないという意味だ。

ラジアの手は、せつらへ方向を変えた。

五指を狂気のように折り曲げ、

「その槍を早く。私が始末するわ」

「やめろ。それは私のものだ」

フロンの声は床の上からした。なお退《ひ》かぬ痛みに顔を歪ませつつ、老人は壁に身を委ねて立ち上がった。せつらに向かって、

「フロン一族の名を聞いたことがあるか？　その血脈の元は、ローマ兵卒ロンギヌス——イエスを刺したのは彼だ」

「へえ」

せつらはしげしげと長槍を見つめた。傷だらけの木製の柄の先に、六〇センチほどの錆《さび》を散らした槍穂が差し込まれている。全長は三メートルを切る。そして穂先には、確かに赤黒い血痕がこびりついていた。二千年以上、鉄の上に残っていた聖者の血か。

「長いなあ」

とせつらはつぶやいた。

それはあり得ぬ歳月を超えて残った槍への感慨か、それとも血へのものか。

「私に」

「わしに」

二つの声は哀願ではなく、強制であった。

「依頼人はこちら」

槍はラジアの方へ飛んだ。

「おのれ」

と呻いてフロンがドアへと走る。

空中で受けた槍を構えて、ラジアがその後ろ姿へ投擲《とうてき》した。

スイングしたドアが代わりに受けた。

走り寄って槍を引き抜き、

「逃げたわ」

とラジアはせつらを睨みつけた。

「人捜し」

と、せつら。

「わかってる」

急速に気力の波が引いていったものか、ラジアはよろめいて槍にすがり、

「何してるの？　着る物くらい捜したら？　サービス心ってものがあるでしょ」

と言った。

ベッドのかたわらに、黒檀《こくたん》のチェストがあった。

せつらが手をのばすと、すべての引出しが一斉に開いた。

茫然《ぼうぜん》とそれと自分を見つめるラジアへ、

「趣味がある」

とせつらは事も無げに言い、

「早くしないと」

とつけ加えた。好きな品を捜せということだ。

窓の外から聞こえるパトカーのサイレン音に、ラジアの表情が変わった。

チェストには女物の下着とスーツ、靴まで揃っていた。

「この部屋、ひとりで使っていたんじゃないらしいわね」

外出姿を整えてから、ラジアはせつらを見つめた。

「これからどうするの？」

「あなた次第」

「特別料金を払ったら、助けてくれる？」

「はあ」

「それとも――私ひとりで切り抜ける」

視線は槍に移っていた。声もやや変わって、

「さっきはまだ、所有者になっていなかった。フロンを逃がしたのはそのせいよ。でも、今なら、この槍が助けてくれる。聖なる者を刺した槍なら、どんな敵も逃がさない」

「逃げたら」

とせつら。

「いいえ、行くわ」

とラジアは凄みのある表情でうなずいた。

せつらは宙を仰いで、ああ、と言った。

「お好きに」

「世話になったわ――ありがとう」

ラジアは微笑した。少し前の彼女の微笑だった。

それから背を向けて、歩き出した。

五歩ほど進んで――その身体が回転した。

びゅっと風を切って、長槍がせつらの首を横に薙《な》いだ。槍穂は一センチ手前で跳ね返された。


「残念でした」

茫洋たる声からして、せつらは攻撃を予想していたのかもしれない。

ラジアがにっと笑った。

「まだ、所有者になり切っていないわね。それとも――」

一瞬、その眼に寂寥《せきりょう》に似た色がかすめ、彼女はもう一度背を向けた。

それきりふり向かず、出て行った。

警官たちの足音がやって来た。

「止まれ」

威嚇《いかく》の叫び――そして、悲鳴。

銃声が轟くのを聞いてから、せつらは窓辺へ向かった。

ホテルと見紛《みまが》う部屋を納めた建物は、二階建てのトレーラー・ハウスであった。

隣りのビルの屋上の手すりに妖糸を巻きつけ宙に舞ったせつらは、ちらと下方を見た。

トレーラーの胴体に真円が開き、そこからラジアが現われた。乗り込んだ警官隊は全滅したらしい。

残りが扇状にラジアを囲んで、武器を突きつけた。一〇人もいない。

それから何が起きたか、晩のTV放送までせつらは知らずにいた。

トレーラーの向こうに長い線路が走っている。

〈新大久保駅〉であった。

3

トレーラー・ハウスの破壊孔から長槍を手にした女が現われた。

警官のひとりが、止まれと叫び、それから英語でフリーズと叫んだ。女の風貌によるものだ。

耳がないように女は前進を続けた。槍は右手に持って右肩に寝かせている。

「止まれ」

警官がまた叫んだ。〈新宿〉では女といえど油断できない。まして槍持ちと来た。

「止まらんと打つぞ」

最後の警告であった。女の眼が凄まじい光を帯びた。

槍がふられた。誰の眼にも見て取れる女のスピードであった。現に最初にぶつかった警官は一歩前へ出て、柄の部分を腕で受けた。

突然、受けた部分から上が消えた。赤い霧が渦巻いた。警官たちは身を沈め、マグナム・ガンの引金を引いた。

無反動装置をつけたマグナム・ガンは、基本的に炸裂弾《さくれつだん》を使用する。〈新宿〉の標的は人間よりも妖物が多い。通常の徹甲弾丸では貫通させることは出来ても、即死には到《いた》らない。内臓部を破壊する炸裂弾のみが致命傷を負わせ得る。人間相手だと、急所を外れても即死は免れないが、ここは〈魔界都市〉である。人間の生命など二束三文だと、警官も〈区民〉も承知している。

女が槍を廻した。どう見ても発砲より後である。それなのに、弾丸はすべて打ち落とされた。

「レーザー」

と指揮官が叫んだ。

大口径レーザーガンを構えた警官が二人前進した。

「射て!」

真紅の光条が女に突き刺さった。六〇万度の光の無限槍は、命中と同時に背中へ抜けるはずだ。

だが、女がふたたび槍を廻すと、どう見ても先発のビームは、その旋回の槍に吸いこまれ、女には届かなかった。そして、眼にした人々も、奇怪な時間的混乱を不思議には思わなかったのである。

女の歩みは止まらず、警官隊の真ん中へ踏み込んだ。ごつい身体が躍りかかった。警官の防御服《プロテクト・スーツ》は強化服《パワード・スーツ》も兼ねている。女ひとり——どころか、二人でかかれば重戦車すらストップさせられる。

警官たちは、女より槍こそが敵だと見抜いた。

ひとりが左から襲いかかって肩と肘を決めた。女が槍を叩きつける前に、別のひとりが右外から同じ部分を捉えた。槍は動かない。二人は女を軽々と持ち上げ、パトカーの方へ歩き出した。

残った警官たちは、あまりの簡単さに呆気《あっけ》に取られたほどである。

意外な成り行きに、女の右腕を押さえた方の気が緩んだ。肘を固めていた右手を離して、長槍を摑んだのだ。

簡単に奪い取れる——はずの槍が突如、凄まじい質量を備えた。鉄板に食いこむ指の把握を抜けて、槍穂は地面に突き刺さった。

「主は常に我らとともにあり」

そして、

「天地は主の作りたまいしもの」

真っ先に血を噴いたのは、女を捕えた警官たちの防御服であった。両腋から噴出した血は、細長い弧

を描いて地面に赤いしぶきを散らした。彼らが倒れ、他の警官や遠巻きにした見物人たちの腋の下から一斉に血の噴水が迸《ほとばし》っても、出血は止まらなかった。

女が腕を揉《も》みほぐしてから槍を摑んだとき、新たなパトカー二台と装甲車一台が現場に到着した。〈新宿〉では女相手におかしくはない布陣だ。ただの女だという保証はこの街にはない。

人型の種子のように撒《ま》き散らされた警官隊は、槍を摑んだまま立ち尽くす女へ警告もなしで一斉攻撃を放った。マグナム・ガンは腰に収めたまま、自動銃「新宿虎」一二・六ミリ／七〇連発が火を噴いたのである。

女を守る槍は地に刺さったままだ。射撃の寸前、女は両手を水平に上げた。後に、ホールド・アップするつもりだったのを攻撃したと問題になったシーンである。

弾丸はすべて外れた。

これも後に判明した事実だが、着弾地点は女の背後のトレーラー・ハウスであった。その弾痕は見間違えようもなく、鮮やかな十字架を描いていたのである。

変事に気づいた装甲車の運転手は、小口径弾丸での効果はゼロと判断し、四〇ミリ砲に勝利を委ねた。砲弾が発射されたのはわかっている。だが、それが発射手自身に命中するのを見た者はいない。発射と同時に装甲車は爆発し、一キロ先までとび散った破片は数枚の窓ガラスと通行人を被災させた。

上空を旋回中の警察ヘリの連絡を受けて、新たな装甲車と呪術師が駆けつけたが、彼らの見たものは、腋の下から失血死した警官と新たな見物人たちであった。槍ごと姿を消した女に関しては目撃者もなく、炎と血の神が支配する惨たる現場が、〈魔界都市〉の名に恥じぬ戦いがまた生じたと、無惨に語っているのであった。

こうやって、せつらは牧ラジアのその後を知ったのであった。午後六時からのニュース放送である。

見終わって、コンビニ弁当の蓋を開けたところへ、電話がかかって来た。

梶原〈区長〉であった。すぐに会いたいと言う。

せつらは〈区役所〉へ向かった。

依頼は想像通りだった。

牧ラジアの捜索である。

「もういないのでは？」

「なぜわかる？」

「地下からトンネルを掘って」

「〈亀裂〉を越えられると思うかね？」

「あの槍なら」

「仕事をしたくないのかね？」

「腋の下から出血したくありません」

「君以外の全人類が失血死しても構わんのか？」

訊いてから、徒労、と思った。

「全然」

やっぱりだった。

「君以外は誰もそう考えん。みな隣人を愛しておる」

「鏡を見ながら言えるか？」

「うるさい」

梶原は逆上した。あわててモードを切り換え、

「頼むから、捜してくれ。女は必ずこの街にいる」

せつらは右手の指を広げた。通常料金の五倍という意味だ。

梶原は人さし指を立てた。倍の意味だ。

せつらが小指を折った。残り四本。

「よかろう。よろしく頼む」

と握手を求めて来た。

「どーも」

せつらは何処《どこ》か釈然としない風である。理由はすぐにわかった。梶原は上目遣いに、

「ひとり——サポート役をつけたいのだがね」

「断わる」

「色っぽい美人だが」

「メフィストに預ける」

「隠秘学の専門家だ」

「じゃあ」

「腋の下失血死を防ぐ手立てを知っているぞ」

ドアの方を向きかけた位置で、せつらは停止した。

「オーケイと見なす――入りたまえ」

梶原がインターフォンへ告げるや、山南鈴香が入って来た。サングラスをかけている。梶原が、それぞれ紹介し、鈴香は、

「よろしくお願いします」

と頭を下げた。頬はもう染まっている。

「これから〝ロンギヌスの槍〟を奪い返すまでご一緒いたします」

「腋の下失血死を防げるとか？」

「あれは槍争奪戦の記録に何度も見られる現象です。隠秘学では〝ロンギヌスの出血〟と呼んで、どんな魔道書も一項目をさいています。イエスの脇腹を刺したら血と水が流れ出たという故事に由来する現象でしょう。幸い四〇〇年ほど前に書かれた一冊に、防ぐ手立ても掲載されています」

「どうする？」

「それをお話しすると、聞いた方に災いが及びます。保身を企んでいるのではありません。お許し下さいませ」

「君は誰から？」

「文献で学びました」

「試した？」

鈴香は胸を張った。

「一度も」

せつらは梶原の方を向いた。背中が見えた。

「足手まといになるとお思いでしょうか？」

「はあ」

「私もそう思います」

まったりと言った。

「ですから、出番以外はこの件について何も話しま

せんし、何もいたしません。そばにいても空気と思って下すって結構です。気にせずお進み下さい。ただし、私に危険が及んだら、あなたの生命も危険にさらされます。その辺はご考慮下さいませ」

そして、また一礼した。せつらは、

「はあ」

と応えた。呆れた、というより、よくわからなかったのかもしれない。

「今日ただいまから、君たちはコンビだ。幸運を祈る」

梶原が背中を向けたまま言い放った。


二人は地下の喫茶室へ入った。情報交換のためである。

牧ラジアがまだ〈区内〉にいるという点では一致した。〈新大久保〉で警官隊を失血死させてすぐ、非常警戒網が張られている。〈新宿〉を出たとは考えられなかった。せつらの梶原に対する発言は、値上げのためのテクニックである。

鈴香は晴々と、

「それなら、敵はじき姿を現わします。当人がいくら身を潜めていたくても、〝ロンギヌスの槍〟が許しません。あれに魅入られた者は、どんなに強力な克己心《こっき》の持ち主でも、一種の狂燥状態に陥り、槍の持つ力を解放せずにはいられないのです。牧ラジアも必ず一両日中に何かをしでかすに違いありません」

「ふむふむ」

「ですけれど」

鈴香は柳眉《りゅうび》を寄せた。

「そうなった場合、必ずこの世のものとは思えぬ怪事が発生し、犠牲者は多数を数えるでしょう。それだけは防がなくてはなりません。秋さんの出番です」

言うことは凄いが、さして不安そうでもないのは、やはり〈魔界都市〉の住人だ。怪事など慣れっこなのである。

「自分の出番」

とせつらは返した。鈴香が〈区長室〉で、自分の出番以外は手も口も出さないと宣言したことを言っているのである。

「失礼しました。では口をつぐみます」

「〝ロンギヌスの槍〟と戦って勝てるかな」

「全く無理ですね」

いきなり前言撤回だが、これは誘い水をかけたせつらが悪い。

「考えてみて下さい。相手はイエスを刺し、その血を浴びて聖槍となった武器です。それと戦うことは、全キリスト教徒を敵に廻すのと同じです。〈新宿〉にも教会と信者はおります」

「そこがなあ」

「聖なる武器が、なぜ殺戮《さつりく》を巻き起こすのかと首を捻っておられるのですね。これにも歴史上の賢人天才たちが解説を物しておりますが、私個人の意見を言ってもよろしいでしょうか？」

「はあ」

駄目と言ってもいつか爆発する。せつら自身も大概のことでは驚かない。

鈴香はこう言った。

「血をもって聖具となす。ですが、あのとき、イエスの身体から流れ出したものは二つありました。血と水です。聖具たるべき槍は、それを叶《かな》える血とともに水をも受けたのです。そして、それにより、聖槍は別のものに変じました。いわば〝魔槍〟に」

いつの間にか、夜の喫茶室には二人のほか誰もいなかった。今夜は「密談」のときであり、耳を備えているホステスやマスターは、外の何処かで耳を塞いでいるのかもしれなかった。

第四章　無名兵士

1

「その水とは？」

せつらが訊いた。鈴香のひとことを聞かなかった風に。

「わかりません。でも、他に考えようがないのです」

「消去法」

確かに凄まじい引き算であった。

「なってしまったものは」

仕様がないと言いたいのか。彼は美しい眉を寄せ、

「米屋」

と洩らした。

「え？」

「それでか」

同じイエスの血にのみ染まった衣類が、それに触れた米櫃に奇蹟を与えた事実を想起したのである。

「あの——何か？」

「いや」

せつらはソーダ水をひと口飲んでから、

「〝ロンギヌスの槍〟は他にどんな？」

いざ闘いとなった場合、警官隊の二の舞いは断じて回避せねばならなかった。失血死は鈴香に任せるとして、槍の持つ力がひとつとは思えない。

「それは——」

鈴香もビールをひと口飲《や》ってから、顔を寄せて来た。

やがて、彼女が語り終えると、せつらは、別の品について尋ねた。

「〝ロンギヌスの槍〟を打倒し得るのは〝無名兵士の槍〟と聞いてるけど」

「それも資料による史実ですけれど。〝魔槍〟と〝聖槍〟がぶつかった場合、魔槍は持ち主の手を放

れて行方知れず、聖槍もまた、とされています。〝ロンギヌスの槍〟を魔槍とした場合ですが」

「どんな闘い？」

「具体的には何も」

「そちらを見つけた方が早い？」

「ですが、〈新宿〉には、まだ無いと」

鈴香も梶原から、トンブの答えを聞いていたらしい。

「いずれ来る。でも、待ってはいられない。〈魔槍〉はすでに所有者を得たのだ。牧ラジアは必ず世界征服の夢に、取り憑《つ》かれるだろう。現に彼女を阻《はば》もうとした警官隊は全滅の憂目《うきめ》を見ている。

ふと、浮かんだ。

「〝聖衣〟との関係は？」

なぜ知っているの、という美貌がせつらを向いた。

「〝ロンギヌスの槍〟に取り憑かれないための手段は、イエスの衣服で包むことなんです。このとき、〝ロンギヌスの槍〟は平凡な骨董品《こっとうひん》になる」

「それでか」

とせつらは言った。

牧ラジアはまず聖衣を欲しがった。〝ロンギヌスの槍〟を手に入れても、魔性に憑かれないために。

「〈新宿〉にはあと二枚ある」

「場所はわかりますの？」

「はて」

せつらは立ち上がった。珍しく焦っていた。

「連絡は明日」

こう言ってドアの方へ歩き出した。

「待って下さい」

鈴香が呼び止めた。

「何か？」

「――忘れてたわ。密輪団が品物の運搬に利用している特殊ルートが一本あるんです」

そのルートを持つ密輪団を、鈴香は「霧の中」と呼んだ。〈区長〉と〈警察署長〉が手を組んで暴き出したものだという。そいつらのアジトもわかっている。せつらは急行した。

〈新大久保駅〉前のビルは、テナントより警官で埋まっている。「霧の中」のボスが隠れ蓑《みの》に使っていたタレント事務所と、隣接した貸倉庫である。警官たちの注目を集めたのは、倉庫の裏壁であった。そこは人間では絶対不可能な真円が穿たれていたのである。警官隊壊滅の惨事を引き起こしたトレーラー事件でも同じ孔《あな》が発見され、捜査の結果、倉庫の持ち主がタレント事務所の権藤社長だと判明するや、事件後二〇分で逮捕状が発行される前に、最寄りの警官たちが事務所を急襲したが、権藤はスタッフを残して行方をくらましていた。スタッフは後の捜査で犯罪には無関係とされたものの、〈区外〉の芸能界には衝撃が走った。「アイドル・アイ」所属のタレントは、かなりの数が各局の看板番組に、〈新宿〉の妖異な魅力を絡みつけて登用されていたからである。

現場で視線を交わした警官数名から——後で彼らは乱闘になったが、原因は嫉妬《しっと》とされる——知る限りの情報を引き出し、せつらは、

「残念」

とつぶやいた。かたわらで、

「凄いなあ」

と鈴香が驚嘆した。

翌日の昼——〈新小川町《しんおがわまち》〉の一角にある廃墟《はいきょ》へ、五人の男たちがレンタカーで乗りつけた。

サングラスにネクタイをなびかせた精悍な男たちは、〈第二級危険地帯《セカンド・デンジャラス・ゾーン》〉のテープを切り払って中へ入った。

平凡な住宅地帯の中に散在する瓦礫《がれき》の山も、彼らには緊張を強いることはなかった。

瓦礫が重なり、いびつなトーチカを形成していた。出入口はくぐり抜けるしかない大きさだ。

ひとりが近づいて、手にした携帯へ、

「ラジア、いるか?」

と訊いた。イタリア語である。少し置いて、

「出て行け」

と携帯が言った。昨夜、彼らをここへ招いた仲間の声であった。

先頭の二人が顔を見合わせ、後方をふり返った。カバー役の三名がうなずき、指で○の字を作った。後ろは大丈夫の合図である。

「出て来い」

携帯の男は、右の人さし指にはめた指輪の裏にあるスイッチに親指を当てた。人造紅玉《ルビー》に似せた石は、あらゆる生物の神経シナプスを直撃する麻痺《まひ》線を放射する。

「出て来い」

ともう一度言った。

「あと三秒待つ。ガス弾を投げ入れるぞ」

しゃべりながらもうひとりにうなずく。彼はベルトの後ろから単三電池サイズの半透明のカプセルを抜き取った。

「ワン……ツー……スリー」

カプセルのスイッチを押した瞬間、トーチカが吹っとんだ。前の二人は瓦礫の直撃を受けて即死――残る三人の前に鬼が現われた。

髪の毛は針のように逆立ち、眼は炎の色を噴いている。三日月の口がかっと開いて野獣並みの牙列《がれつ》を剝《む》き出す。

鬼が手にした長槍を振るったのは、三人が麻痺線を放った後であった。レベル3――いかなる生物をも即死させるビームは遮られ、後方のひとりを除いて首が飛んだ。

無音の世界で繰り広げられる舞いのごとき軽さであった。

ひとり倒れた拍子に頭を打って失神した男――二〇歳《はたち》そこそこの若者へ、鬼は槍を引いた。

それが突き出される前に、瓦礫の陰から人影が現

われた。

人間の存在など理解の外にある――そうとしか見えない鬼が動きを止めた。


若者が眼を開くと、家の中だった。畳の上に敷いた布団が彼を受け止めていた。頭がひどく痛んだ。後頭部に手をやると包帯に触れた。ガラス戸が開いて、誰かが入ってきた。白髪の老人であった。パッチ付きの綿入れのせいで本来の年齢より老《ふ》けて見えた。若者は素早く右手を腋の下へ入れながら上体を起こした。ホルスターも拳銃もなかった。

「あなたは?」

どんな相手でも敵と見なすのがエージェントだが、若者の声には感謝よりも不審が強かった。流《りゅう》暢《ちょう》な日本語である。

「通りがかりの者《もん》だよ。廃墟で妙な音が聞こえたので行ってみたら、あんたが倒れておったので、わしの車に乗せて家まで運んだのだ」

記憶を甦《よみがえ》らせながら、

「他のメンバーは?」

「いやあ、どんな妖物と戦ったのか知らんが、たとえ二級でも三級でも、この街で〈危険地帯《DゾーンＤ》〉へ入っちゃあいかんな。よく助かったもんだ。他は血の海の中に四人ばかりひっくり返っていた――首無しでな」

若者は眼を閉じて記憶を封印した。

悲痛この上ない表情になってから、何とか運命に納得したらしい。

「そうですか――お蔭で助かりました」

礼を言う表情は、暗澹《あんたん》と悲愴の中にも穏やかさを取り戻していた。

「姓名は言えません。すぐに失礼します」

「気にするな。この街では隣りの家の名前も知らない連中が殆どだ。だが、すぐ出て行くのは無理だな」

老人の言葉をどう取ったか、若者の面上を黒いものが通ると、全身に殺気が満ちた。ぎりりと握りしめた拳の第一関節には拳ダコが盛り上がっていた。

「立てるかね？」

老人が穏やかに訊いた。

若者は愕然《がくぜん》となった。下半身は動かなかったのである。

「倒れて腰を打った拍子に腰椎を削った。いかんなあ。一生動けんぞ」

「いや、頭は打ったが腰は打たなかった。おまえは——何者だ？」

「バチカンのエージェントにしても、芝居がかり過ぎだよ。せっかく助かった生命だ、有意義に使ったらどうだね？」

「何者だ？」

焦りと苦渋と噴き出す汗にまみれた顔へ、老人はにこやかな笑みをとばした。

「そうだな、山田《やまだ》とでも呼んでもらおうか、ベンジャミン・イシャール」

自分の名前が、こんなに不気味に聞こえたことはない。若者——エージェント・イシャールは全身の血が引く思いがした。身分証は肩に埋めこまれた金属片だ。尋常な手段で解読できるはずがない。

「じきに夜だ。ゆっくり休みたまえ」

どんな町の片隅にもいそうな老人の笑顔に、イシャールは身体の奥から霜が下りてくるような気がした。


昼のあいだ、せつらは鈴香と一緒に〈ぶうぶうパラダイス〉にいた。

〈新宿〉一の女情報屋——別名〈世界一〉太った女情報屋の移動オフィス——別名・〝幽霊〟オフィスは、今日は〈新大久保駅〉前にそびえる貸ビルの五階にあった。

依頼はもちろん、牧ラジアと長槍の行方に関してだ。

〈高田馬場・魔法街〉の女魔道士と、同一人物だ、一人二役だとかまびすしいでぶの情報屋は、生まれたときから座り込んでいるせいで抜けなくなったと言われる肘かけ椅子の上で、少しの間、パソコンを叩いていたが、やがて、ふーん、と五重顎に手を当てて考え込んだ。

「どうした？」

「全く情報がないのだ」

「ふーむ」

せつらも首を捻って、

「色っぽい女性が長槍を持ってる。目立つと思うが」

「それが無いのだ。誰かに選択的に排除されたに違いないけど、ふーむ」

ますます首を傾《かし》げた。ただし、実質的に首はないから、顔だけが回転しているように見える。鈴香が眼を剝いた。

「その代わり、もうひとつの方——イエスって女の下着なら、それらしいのがあるよ——ん？」


自分を見つめる二人の形相に、外谷《とや》は訝しげな表情になった。

せつらが、軽く美貌を平手打ちして、元に戻し、

「よくそれで今日まで」

「んー？」

鈴香が、

「いい死に方はしませんね」

「んー？」

「いえ、何でも」

「で？」

とせつら。

「〈大久保駅〉前の商店街に、〝古差屋《ふるさしや》〟って古着屋があるのだ。そこに一枚あるよ」

「あの、もう一枚」

「わかってるわさ。わかり次第連絡するのだ」

「んじゃ、よろしく」

二人は外へ出た。鈴香がおかしなものを見た、という表情で、

「現金なんですね？」

情報料のことである。

「そ。いつもニコニコ現金払い」

「はあ」

鈴香の声である。顔も声もひどく虚《うつ》ろだった。

「どうかした？」

「——いえ、見てはならないものを見てしまったかな、と」

「そうだねえ」

せつらも否定はしなかった。あれを見てしまった者への同情の響きがあった。

しかし、役には立った。三〇分とかけずに、二人は〈大久保駅〉前で、タクシーを下りた。

2

すたれて久しいが、富んでいない時代、どの国にも古着屋という商売があった。〈新宿〉には何店舗もある。この国はまだ〝難民〟を受け入れてはいないが、〝難民〟はやって来る。深夜にボートで、水上機で運ばれる人々は、真っ先に〈新宿〉をめざした。妖物が魔性が殺人鬼が蠢《うごめ》いていようとも、ここには自由があった。受け入れようとはしないが、排斥《はいせき》されることもない——それこそが〝難民〟たちの理想であった。生きるための代償は支払わなければならない。彼らの労働力を当てにする工事請負業者は、安価な住居を与えると同時に〈区外〉の数倍の報酬《ほうしゅう》を約束した。それは作業中妖物、邪霊に襲われ死亡する危険率を考慮したが故だ。

〈新宿〉において人外の魔を避けて暮らすには、貧窮への道しかない。

かくて、難民、ホームレスの集合する〈大久保〉〈新大久保〉〈歌舞伎町〉には、古着屋、バッタ屋、古道具屋《リサイクル・ショップ》等が溢《あふ》れ返ることになった。

「お邪魔します」

鈴香がまず入った。

男女の下着から靴下、シャツ、ズボンの山から上衣、スーツ、礼服までが透明人間のようにぶら下がった店内には、ナフタリンの匂いがこもっていた。

奥に畳敷きの帳場があり、前面きりの防弾ガラスの向こうに、一〇〇にも届きそうな老婆が居眠りしていた。かたわらに旧式のＨ＆ＫのＭＰ５ＫＡ４・ＳＭＧ《サブマシンガン》が無造作に置いてあるのがこの街らしい。どんなちっぽけな冴《さ》えない商店でも、〈新宿〉に詳しい盗っ人は看過したりしない。ありふれた古書の一冊、ひびの入ったフランス人形に、どのような存在が憑依《ひょうい》していないと限らないからだ。〈区外〉の好事家《こうずか》には、それが危険なものであるほど高額で引き取る物好きが多い。従ってどんな平凡な商いをする店といえども、迎撃用の武器《ディフェンス・ウェポン》は欠かせない。老婆のＭＰ５ＫＡ４には、本来付随しないストックがついている。Ｈ＆Ｋ社のＳＭＧのうち、最も小型軽量のＡ４は片手射ちも可能だが、これは老人用に家族で製作した品だろう。

「こんにちは」

鈴香が声をかけると、ひょいと白髪頭が上がって、

「勝手に見てっとくれ」

「どーも」

せつらは壁のレールにかけられたハンガー上の背広に眼を通しはじめた。

「おや」

つぶやいて前へ進みかけ、ふっと引いた。背広の間から白い手が現われ、その胸もとで空気を掴むや、口惜しげに五指を震わせて引っこんだ。

「やっぱり」

鈴香がうなずいた。せつらは、

「いた」

と返して、素早く前進し、ひと塊りになったコールテンの上衣の前で立ち止まった。

ほとんど新品と見分けがつかないその中から一着

を選んで、ハンガーごと持ち上げた。

「これだ」

鈴香が胸前で両手を握り合わせ、せつらの方へ歩き出した。

「よせ」

遅かった。白い手がせつらを襲った位置であった。鈴香の右肩にかかった手指は血色のマニキュアを施していた。

短い悲鳴を上げて、鈴香は式服の列の中へ吸いこまれた。

「ヤバ」

せつらが前へ出ようとしたとき、ガラス扉を勢いよく押し開け、二人の男が入って来た。頭からパンストを被《かぶ》って顔を隠している。

両手でAK47を構え、

「動くな――婆《ばあ》さん手を上げろ！」

とひとりが命じる。

「誰が」

眠そうな眼をしば叩《たた》かせながら婆さんはMP5KA4を摑むや、前面の防弾ガラスに入ったスリットに銃身を押しこみ、問答無用で引金を引いた。強盗も客も区別しない「認知症射ち」であった。

素早く身を沈めたせつらのかたわらで、ひとりが胸部に数発受けて仰向けに倒れた。

「婆《ばば》あ！」

もうひとりが防弾板めがけてAK47を叩き込む。徹甲弾らしく、弾丸は貫通し、血煙りがガラスを埋めた。

同時にAK47が床へ落ちた。手首付きである。

「余計なことを」

せつらのつぶやきの意味を理解する暇はなかったろう。

両手首から鮮血を迸《ほとばし》らせながら、強盗は見えない糸に引かれるように、鈴香の消えた式服の間へ頭から突っ込んだのである。

手首を失ったのとは別の悲鳴が上がり、服が波打って、すぐに収まった。

まるで吐き出されるみたいに鈴香が通路へとび出して来た。

「おや？」

せつらの声は、彼女が白いブラとパンティ姿だったからだ。切れ切れに残るスーツはどれも白煙を上げていた。消化中だったのだ。肌が溶けていないのは、防御液がスプレーされているからだろう。千分の一ミリにも満たないシリコン状の薄膜は、平方センチあたり一〇〇トンの衝撃と一万度の高熱、マイナス二〇〇度の冷気も完璧に遮断する上に伸縮自在。皮膚呼吸は出来ないが、これは固型酸素を服用すればいい。

「大丈夫？」

と見つめる美貌から、鈴香はあわてて眼をそらし、すぐにこらえ切れない笑顔になった。お義理とわかっていても、天与の美貌だ。嬉しくないわけがない。裸を隠すのも忘れている。

「大丈夫」

と返してから、式服の列を眺めた。

「私の代わりですか？」

「そ」

二人は立ち上がり、老婆の方を見た。

「あら？」

鈴香が眼を丸くした。

MP5KA4の銃身の向こうで、血に染まった老婆がVサインをこしらえている。

「血は？」

とせつらが訊いた。

「演出効果」

と老婆は答えた。

「油断したところを、ドン」

「やるわね、お婆さん」

鈴香が微笑んだ。老婆は得意そうに、

「ま、そんな小細工使わなくても安全なんだけどね」

と言った。

「これ?」

せつらは左手の背広を掲げて見せた。

「そ。よくわかったね。それを着ていた男は、一五○歳まで風邪ひとつ引かずに長寿を全うしたらしいよ。だから、あんたたちに売るわけにもいかない。戻してお帰り」

二人に向けた銃口は微動だにしていない。

「どうして店に並べておくんです?」

鈴香が訊いた。

「その服がそこにいたいと言うのさ。他の場所に吊《つ》るすと勝手に戻ってるんだ」

「ここの場所に何か?」

せつらが上衣のかかっていた部分に眼をやった。

「ああ、よく出るよ。知り合いの占い師に見てもらったら、眼には見えないけれど、地獄と通じる隙間があるらしい。そこから色んな悪いものが地上へ出て来るんだってよ。あたしも色んな怪異を知ってるけど、こんな性質《たち》の悪いのははじめてさ。そこへその上衣が来た。誰が持ち込んだのかも忘れちまったけどね。覚えてるのは、それをかけてから、一発で化物どもが現われなくなったことさ」

せつらは背広の表から裏地に眼をやった。紺の地に一〇センチ四方ほどの紫色の布が縫いつけられていた。放棄された理由はこれだろう。

「——ピラト、イエスをとりて鞭《むち》うつ。兵卒ども茨《いばら》にて冠《かんむり》をあみ、その首《こうべ》にかむらせ、紫色の上衣をきせ——」

と鈴香が口ずさんだ。

「もっと大きかったら——どんな化物も近寄れなかったでしょうね」

彼女は老婆をふり返って、

「必ず返しに来ます。しばらく貸して下さい」

「なんぼ?」

と老婆は訊いた。

「一日——一万では?」

「五万」

「二万」

「四万」

「じゃ――三万。これが精一杯です」

老婆は唇を歪《ゆが》めた。けっと鼻を鳴らして、

「ま、仕様がないね」

Ａ４を下ろした。

「ついでと言っちゃ何ですけど――お洋服売って下さい」

と鈴香が申し込んだ。

警察へ電話する老婆に挨拶してから二人は通りへ出た。

「これが聖衣ねえ」

しげしげとせつらが抱えた上衣を眺め、

「これ渡して、あのお店無事なのかしら？」

「あのお婆さんなら」

何とかするという意味だろう。

「そうですね」

鈴香も納得した。

「着てみ」

いきなりせつらが抱えた服を押しつけて来た。

「え？」

「女ものだ」

そういえば、細身でボタンの位置も左前である。

「いま気がついたけど――そういえばそうですね」

「着てみ」

「やですよ、畏れ多いわ。キリストの衣裳だなんて」

「あと一枚ある。それを手に入れるまでは厄介事が多く降りかかる。そのとき、役に立つ」

「じゃあ――あなたが着て下さい。何だか似合いそう」

「うるさい」

せつらは上衣の両肩を摑んで鈴香に向けた。

携帯が鳴った。

外谷からであった。

「はあ」

「うん」

「じゃあ」

で携帯をしまったせつらへ、

「どうしました?」

「牧ラジア――いま、〈西五軒町《にしごけんちょう》〉のマッサージ・パーラー」

「そんなことまでわかるの、あので――いえ、あの人?」

せつらは黙って、車道に寄った。凄まじい勢いで空車がやって来た。せつらの前にも手を上げる者がいたが、気にする風もない。乗車拒否の典型だ。

それが、せつらの少し手前で急速にブレーキをかけ、ぴたりと止まった。後部ドアが眼の前であった。背後で鈴香が溜息《ためいき》をついた。

「何か?」

「いえ。魔道士の多い街ですけれど――あなたがいちばん」

先に乗りこんで、ドアが閉まるや、うっとりと溶けている運転手に、

「〈西五軒町〉」

とせつらは告げた。

3

マッサージ・パーラーの経営者・杉坂《すぎさか》は、昼過ぎにやって来た女性客を、ひとめで指名手配と見抜いた。

年齢、顔立ち、服装がまんまだし、何より担いでいる長槍が雄弁だ。

――よくここまで、見咎められずに来れたもんだ
舌を巻くと同時に、

――あんな目立つ槍を持って。この女、おかしいのでは?

不気味さが、女が手続きを済ませて着替え室へ消えた途端、直通電話へ手をのばさせた。

警察ではなかった。

ラジアの精神《こころ》は混沌《こんとん》に翻弄《ほんろう》されていた。

長槍のせいだとはわかっている。〈新宿〉——何処《どこ》かへ吹っとび、〈魔界都市〉へ赴《おもむ》くに際して受けた対心霊訓練は何処《どこ》く澱《よど》みはじめていた。

その毒は長槍がしたたらせるものであった。自分以外のあらゆる存在に対する憎悪と怨嗟《えんさ》。精神に生じた暗黒は、ラジアの顔つきから身体までも変えていった。

シャワーを浴びて個室へ入り、ベッドにうつ伏せになっても、長槍は手にしたままである。

「いいんですか？　持ってる方の半身がこわばりますよ」

マッサージ師は若い男であった。

「それをほぐして頂戴」

マッサージ師は唇を歪めて取りかかった。この店の客は全裸になる。

首すじに手が触れた。

悲鳴を上げて跳び下がった。

「どうかした？」

ラジアが訊いた。地の底から洩れ出るような声であった。

「いえ、何でも——ちょっと待って下さい」

若者はドアへ向かった。支配人に言って、その場で辞めるつもりだった。今月は四日しか出ていないから給料は大したことはない。それでも、今すぐ辞めたかった。

蛇を揉《も》むのはごめんだった。

ドアに行き着く前に、固いものが肩を叩いた。布で包まれた槍の柄である。

「何処へ行くの？」

「いえ——あの……」

「続けて頂戴」

地の底に引きずり込まれるような感覚を全身に覚えながら、彼ははいと答えた。

死人かゾンビ状態のマッサージを受けながら、ラジアはどうにもならないことがわかっていた。

四人もの仲間を殺害したため、バチカンも黙ってはいまい。新たな刺客が長槍奪還と裏切り者の処分のため送り込まれてくる。

その前にしなくては。

何を？

世界征服だ。槍がそう命じる。

そのためには、どうすればいい？　それもわかっていた。空《むな》しい肉体の調整を行ないながら、それを実行する手段を考えているうちに、暗く冷たい情熱のようなものが爪先から脳内までを蝕《むしば》んでいく。

マッサージ師が凍りついた。変化に気づいたのだ。

ふと、それが解けた。女の客はまともな肉体の持ち主に戻っていた。

ラジアの脳裡《のうり》に美しい顔が揺曳《ようえい》していた。

ろくに会話したこともないその美貌が、闇を塵《ちり》と変え、冷気を打ち払って、あたたかい想いを全身に満たしてくれる。

「……さん」

ラジアはつぶやいた。つぶやいた自分の顔が、以前の自分に戻っていることを彼女は知っていた。

そこへ――

「来たわね」

ラジアの声にマッサージ師は、はいと応じてしまった。

その少し前、〈高田馬場〉の一角で、ひどく太った女が、血走った眼で水晶玉を凝視しながら、

「――いたわさ！」

と絶叫した。

カリフォルニアにある巨大な工房の片隅で、半ば死にかかった技師が、

「出来た」

と呻いてこと切れた。完成品は五分とかからぬうちに、イオン・ジェットに乗せて極東の地へ運ばれるはずであった。


「パトカーが多くありません？」

鈴香がタクシーの中で眉を寄せた。左右を迫力のないサイレンの群れが追い抜いて行く。

「堂々と出歩いたか」

せつらも窓の外を向いている。

頭上でヘリのローター音が聞こえた。

「げ、ミサイル付きだぜ」

と運ちゃんが息を呑んだ。

「うお、見たかい、今のトラック？　戦闘ロボットを積んでたぜ。これから戦争かね？」

「市街戦」

せつらの茫洋たるひとことに、鈴香が息を呑んだ。

はたして、目的のビル周辺には立ち入り禁止テープが張られ、内側は防護服を着けた警官ばかりが右往左往している。

高層階から銃声が連続し、窓ガラスをぶち破って、警官がひとり降って来た。手足を動かしもしない姿から、失神か死んでいるのは明らかであった。どん、と路上へ叩きつけられても身じろぎひとつしない。

「坂峰《さかみね》班――応答切れました！」

驚きの声が上がった。

落下してきた警官の手には、大口径レーザーが握られていた。前回の経験から重装備で挑んだのだ。

「相手が悪いか」

せつらのつぶやきは現実になった。銃声がぴたりと熄《や》んだ最上――五階の別の窓から、長槍を手にした全裸の女が、これも跳び下りたのである。

ラジアだ。全裸。

「下がって」

警備の連中が見物人に向かって叫んだ。

銃声とレーザーの光が女体に命中する。

「傷ひとつつかないわ」

鈴香の声には畏怖の情がこもっていた。その程度の妖物は見馴《みな》れている〈区民〉にとっても、眼前の女はその美しさと不気味さをもって異形なのであった。

急に人影が宙に舞った。警官たちである。パトカーと白バイも彼に続く。

それらは落ちなかった。糸の切れた風船のごとく垂直に上昇し、蒼穹《そうきゅう》に消えて行く。

「下がって」

警官の声がひときわ高まると上空を舞っていたへリ群の底部から炎が上がった。

対地ミサイルである。ラジアの身体は数千度の炎に包まれた。逃げ遅れた警官も残ったパトカーも炎の余波を浴びて燃え上がる。〈新宿〉の警察は警官の生命など虫けらほどにも思っていないのだ。

炎と熱風がこちらまで押し寄せて来た。

せつらと鈴香はふわりと舞い上がり、空の彼方《かなた》ならぬ、通りの向こうのビルの屋上に着地した。三階建てである。

「これって?」

呆然《ぼうぜん》とする鈴香を尻目に、せつらは地上を見下ろした。

炎の塊りが通りへと移動中であった。

「ここにいて」

言い置いてせつらは舞い下りた。

歩き出した炎の塊りを警官隊が囲んでいる。だが、手にしたマグナム・ガンや自動銃を射つことすらためらわれた。これ以上の殺戮《さつりく》と破壊を誘発することは、勇猛をもってなる〈新宿警察〉でさえ許されなかった。

そのうちの数人が、わわ、と叫んで空中に舞い上がると、五、六メートル彼方にゆっくりと落ちた。

彼らが失われた空間に、世にも美しい若者が立っていた。

歩く炎塊が立ち止まった。その瞬間、緊張と絶望と闘志の渦に精神《こころ》を巻かれていた警官たちは、奇妙なものを感じて困惑した。

歓喜を。

炎塊から長い炎が突き出ていた。

それがとん、と地を突くや幻のように炎は消えた。

火傷《やけど》の痕ひとつないラジアの肢体が陽光にかがやき、青い瞳《め》がせつらを映した。

唇が切なげに動いた。

せつらさん
と。

警官たちがどよめいた。女体が突如、ケロイド状の火傷に覆われたのだ。さらに黒い——炭の色に変わると、ラジアは路面に両膝をついた。ぱらぱらと剝離した皮膚がこぼれていく。

まるで、防御魔術が切れた魔女のごとくに。

誰もが、そのぼろぼろに砕けた顔に、安らぎの色を認め、思わず息を呑んだ。

そのとき——

表情が一変した。

崩壊寸前の顔がみるみる元通りのラジアに変じ、怒りの形相を露《あら》わにしたではないか。

槍を持つ手が震えた。

その眼はせつらのかたわらへ怨嗟の赤光《しゃっこう》を放っていた。

せつらはふり返って、

「あれれ」

と言った。

鈴香が立っていた。屋上から駆け下りて来て、その手はせつらの腕に巻かれていた。せつらに並んだ途端、ラジアの邪眼にねめつけられ、恐怖のあまりすがってしまった——と言っても、ラジアには通じない。

ずいと立ち上がった全裸の肢体には、永遠の嫉妬と呪いが詰まっていた。

長槍がせつらを向く。

鈴香が見えない糸に引かれて横へ吹っとぶ。

槍穂が少し戻った。狙いは鈴香だったのだ。

「庇《かば》ったわね」

血とも炎ともつかない唇が開閉した。

「あなたのいい人？　そうなのね？」

「誤解だ」

言っても無駄とわかっている口調であった。

「許さないわよ、せつらさん」

「そう言われても」

これは筋が通っている。

「許さない」

槍は間違いなくせつらに狙いをつけていた。

ラジアが思い切りそれを引いたと見るや、せつらは安全圏へと跳躍に移った。

身体は動かなかった。

せつらの肌からみるみる血の気が失せていく。

失血死が襲いつつあるのだ。

「しまった」

この瞬間にさえ、彼の声は茫洋としていた。

槍が飛んだ。それはラジアの手からのびた長い長い一線のように見えた。

せつらは愚者のように棒立ちのままそれを受けた。

まさか、横合いからのびた別の一本が、弾きとばそうとは。

驚きではなく、打ち返された球《ボール》が直撃した投手のごとく、明らかに物理的な理由で、ラジアがよろめいた。同時にせつらが五メートルも後方へ跳んだ。

新たな死を予見していた人々は、それを防いだこれも新たな槍を手にした人物を認めた。

筋骨隆々たる禿頭の男であった。オレンジ色のシャツとアラブ風のゆったりしたパンツが風になびいている。

だが、顔の半分は銀色の骨格と緑の電子眼に覆われ、左腕も鉄の骨と電子コードの束がはっきりと見える。

サイボーグだ。

「あまりにもいい男を、ここで散らすのは勿体《もったい》ない」

声は半人間ではない。フロンのものである。しかし、声の主は見えなかった。

「驚いたか、〝ロンギヌス〟の持ち主よ。彼の血を引く一族の長として、我が家には聖槍に関する様々なデータが虚実ないまぜて伝えられておる。今回の一件が耳に入ってすぐ、わがフロン一族は総力を上げて、〝ロンギヌスの槍〟に比肩する武器を造り上げた。それがこれだ。操るのは、これも聖槍を操るにふさわしいサイボーグ戦士・マクテだ。偽《いつわ》りの聖槍だが、力は本物に劣らぬ。いま、それも貰《もら》い受ける」

マクテと呼ばれたサイボーグが、滑《なめ》らかに進んで、弾《はじ》きとばされた〝ロンギヌスの槍〟を拾い上げようと手をのばした。

槍はその指先を逃れて、風車の羽根のごとく回転しつつ、ラジアの手元に戻った。

それを摑んで、女狂戦士は仁王立ちになった。

赤光を放つ眼がマクテを捉えた。

虚と実と——どちらも測り知れない力を秘めた二槍が、〈魔界都市〉の一角で、いま矛と化して交わらんとしているのであった。

第五章　ＶＳ．偽《いつわ》りの聖《せい》槍《そう》

1

先に人造人間の方が動いた。

緑の電子眼にラジアを映しつつ、今度は重々しい歩みを重ねて行く姿は、砂漠の蜃気楼《しんきろう》のごとき不気味な殺気に包まれていた。

五メートルのところでマクテは立ち止まった。

ラジアは槍《やり》を摑《つか》んだまま正面から敵を見つめている。

その穂先がすっと下がるや、アスファルトに触れた。

マクテが震えた。靴底から四方へ蜘蛛《くも》の糸が張られた。それはみるみる亀裂となり、太さを増していった。

ラジアはまたも彼を空の彼方《かなた》へ飛ばそうとしているのだ。だが、マクテの槍の端もまた地面を固く突いている。抵抗しているのだ。勝利するのは、大空を望むものか、地を友とするものか。

ラジアの眼がさらに強い光を帯びた。

亀裂が広がる――白煙が噴出した。それは凄《すさ》まじい臭気で世界を汚した。硫黄《いおう》だった。

「よした方がいいぞ」

フロンの声は笑いを含んだ。

「聖槍は〈新宿〉も知らぬ世界への道標だ。地獄への」

マクテの身体が宙に浮いた。力尽きたのか。その足下から、煙の渦が四方へと広がった。その内側《なか》に、何やら蠢《うごめ》く影が見えた。それらは一斉に、ラジアへと躍りかかった。

異様に小さな頭部に不釣り合いに大きな尖《とが》った耳をつけ、針金のような手足は鋭い爪を持ち、逆とげのついた尾が風を切る。

それが瞬く間に一〇〇、いや千匹ものしかかり、ラジアはその中に呑《の》み込まれた。

嫌な音が立ちはじめた。

皮膚を破り肉を裂き骨をかじる音だ。数千の小さな悪魔たちが、ラジアの全身を嚙《か》み裂いているのか。

見よ、蠢く影たちの下から、ねっとりとタール状のものが流れはじめたではないか。

不思議なくらい、周囲の警官も遠巻きの人々も、その凄惨な場面は見ていなかった。彼らの眼を引きつけていたのは高々と持ち上げられた一本の槍であった。

それが回る——と誰もが知っていた。期待といってもいい。

正に——それは回転した。空中に円が描《か》かれた。地から生じたものたちは、ほとんど一斉にその円にとびこんでいった。いや、吸いこまれたのである。それらはその刹那に消滅した。

影ばかりか硫黄の煙も吸収し、槍は清掃を終えた。

異様な静寂がその一角を包んだ。


全裸の女体は血にまみれていた。

無数の牙についばまれた顔は半ば髑髏《どくろ》と化し、左右の乳房の殆《ほとん》どは失われ、ぬめぬめとした腹も、太腿《ふともも》も肋骨《ろっこつ》と大腿骨《だいたいこつ》が剝《む》き出しだ。そして、血はとめどなく流れ落ちる。

だが、槍はなお回転し新たな現象を生じさせていった。

それを奇蹟《きせき》と呼ぶには、この街ではややスケールが小さく、しかし、それに近いことは誰もが認めざるを得なかった。

傷口に肉が盛り上がり、皮膚が貼り、出血は止まった。

あらゆる負傷個所で時間の逆転が生じたかのように損傷部は蘇生《そせい》し、それこそみるみるうちに、ラジアの裸身は午後近い光の下に悩ましいかがやきをさらしているのであった。

ラジアは数歩進んで、マクテのいた場所に開いた穴の縁《ふち》に立った。

傷ひとつない美貌が、ある方角を向いた。横倒しになった装甲車しか見えなかった。

寂寥《せきりよう》に似た翳《かげ》がその面《おもて》をかすめたが、それもすぐに消して、ラジアは身を躍らせた。

風がひと吹きしてから、

「いないぞ」

「何処《どこ》へ行った?」

という声が上がりはじめた。

ラジアもマクテも姿を消していたのである。

警官のひとりが、自分でも良くわからない衝動に駆られて、少し離れた場所にひっくり返った装甲車の陰を覗《のぞ》いたが勿論《もちろん》、誰もいなかった。

鈴香をタクシーから下ろしたのは、〈区役所〉の地下駐車場であった。

「付き合いはここまで」

とせつらは車の中で言った。

「お蔭《かげ》で助かった」

その顔にはわずかな赤味が戻っていた。あの戦場の片隅で、鈴香は失血死を妨げる術をせつらに施したのだ。

「その服は着ていたまえ」

「困ります。ご一緒させていただけないと、キャリアに傷がつきます」

「生命に傷がつくよりマシ」

「でも——」

「これ以上は危ない」

せつらがおよそ柄ではない真似《まね》をしていることに鈴香は気がつかない。

「〈区長〉には伝えておく。〈役所〉へ戻れ」

「では、〈区長〉から辞令が出るまで、ご一緒いたします」

せつらは構わずタクシーのドアを自力で閉め、運転手の肩を叩いた。

鈴香が追って来るのか、立ち尽くしたままか、リア・ウインドウもバックミラーも見はしなかった。

遠ざかるタクシーのテールランプを見送っているうちに、夜が来たと鈴香は思った。ひどく疲れていた。肉体ではなく精神《こころ》の疲労であった。

「行ってしまった」

つぶやいたのは誰かと考え、答えがわかってから、少し驚いた。

見捨てられたと梶原に伝えたら、どんな顔をするだろうかと思うと、気が重かった。

エレベーターの方へ歩き出したとき、

「お嬢さん」

と声をかけられた。丁寧だが、かけた人間がそれにふさわしい人品を備えているとは思えなかった。

せつらの携帯が鳴ったのは、外で夕食を済ませ、自宅へ戻ったときである。

「あんたの相棒を預かってる。殺したくなかったら、こちらの言う通りのことをしてもらおう」

明日の正午、〈歌舞伎町〉のレンタル・ハウス「二宮邸《にのみやてい》」へ来い、と告げて電話は切れた。

「やれやれ」

とせつらは、さしてやれやれとも思っていない口調で言った。殺してもオッケくらいの気分だったかもしれない。

「帰さなきゃ良かったかな」

と出たところを見ると、多少の責任は感じているようだ。

「レンタル・ルーム」は〈区外〉にも腐るほどあるが、丸ごと一軒というのは珍しい。〈新宿〉ではもっぱら、良からぬ連中の隠れ家＝アジトとして利用されているが、証拠がないため、警察も踏み込むことが出来ないままだ。かつて、情報の確認もせず突入し、一般〈区民〉の親子四人を誤殺して以来、この手の施設への強制捜査は、やや腰がひけたと言われている。

せつらは指定時間の五分前に門柱についたブザーを押した。

自動的に開いたドアを抜けて内部に入る。玄関にはスリッパが用意され、行く先々のドアは自然に開いていった。

一二〇畳近い居間のソファに、ごつい顔立ちと身体つきの男が腰を下ろしていた。背後には負けず劣らず屈強なガードが二名立っている。

「権藤ってもんだ」

男が名乗ったのは、せつらがテーブルの向こうの椅子に腰かけてからである。

「〝アイドル・アイ〟」

「知ってたのか？」

「仕事関係」

「無駄口は利かねえタイプか。少し気に入ったぜ」

「どーも。で？」

権藤はテーブルに置いた携帯のスイッチを入れた。

空中に縦横三〇センチほどのスクリーンが生じ――同時にベッドに横たわる鈴香の姿が映し出された。

白いブラとパンティ姿の横に、男が二人立って、若い裸体を見つめている。真上から撮っているため表情は不明だが、誰でも想像はつく。

「眠らせてあるが、ちゃんと生きてるのはわかるな？　あんたが仕事を片づけてくれたら、監視役には指一本触れさせずに返す」

「仕事？」

「そうだ。昨日のマッサージ屋でのトラブル中継を見てから、身元を洗った。〈新宿〉一の人捜し屋だそうじゃねえか」

「もぐり」

権藤は呆気《あっけ》に取られ、すぐに笑い出した。

「そいつぁ恐れ入った。いや、その通りだ。さすが〈新宿〉一の冠が付く男だ。こんなにもハンサムで、おまけに味があるとはな」

サングラスの下の眼は笑っていない。だが、恍惚《こうこつ》と溶けている。

「用件」

せつらが促した。対面してからここまで、いつもと寸分変わらぬ口調である。権藤に立腹していると か、鈴香の無事な姿を見て安堵《あんど》した、或《あ》いは裸体を眺める男たちに怒った――とかの感情の起伏など片々も窺《うかが》えない。

だが、一瞬、恍惚たる権藤の顔に走ったのは、まぎれもない恐怖だった。この美しい若者はそういう人間なのだ。

いざとなったら自分はこの場でやつ裂きにされる。人質を取ろうと取るまいと――〈新宿〉の闇に生きる顔役のひとりが心底そう思った。

「勿論、礼はする。仕事だからな」

こう言ったのも、そのせいであった。

「当然」

ひと呼吸置いて、

「――二人捜してもらいたい。槍を持った女と、もう一本の槍で戦った男――ではなく、その黒幕――声の主だ。どちらかひとりでもかまわん」

「放っておいても出会う。槍が黙っちゃいない」

「――そうなる前に会いたいのだ」

「へえ」

興味も関心もない驚き。

「両者が戦えば〈新宿〉は滅びる。少なくとも、あの戦いからおれはそう読んだ。この街を破壊されたら、おれには行き場がない。〈区外〉へと思っても、〈区外〉も無事とは考えられん。〝ロンギヌスの槍〟――救世主を殺した槍は、持ち主に世界の王座を約束するが、それ自身は世界を破壊しかねないそうだ。正直、どっちが死のうと構わんが、おれは槍が欲しい。〝ロンギヌス〟でも偽物でも――そして、世界を手に入れてみせる」

「最後はそれか。難しい」

「おれの目的がか？」

「そ。捜すのは、まあ」

「頼もしいな。おれもあんな娘をどうこうしたくはない。ひとつよろしく頼む」

「で？」

とせつらは促した。報酬について煮つめなくてはならない。


ラジアは〈矢来町〉の〈廃墟《はいきょ》〉に身を潜めていた。

彼女ではなく、槍が選んだ場所である。

〈準最高危険地帯〉——名前通り、〈最高危険地帯《MDZ》〉に準ずる妖物がうろつき、周囲を囲む防御線もテープならぬ高圧電流を通した鉄条網である。

混沌《こんとん》たる思考の中で、ラジア自身のものを捜し求めていた。

幾つもの思念が感情が煮つまり、渦を巻き、押し寄せては跳ね返り、波と波とが混じり合う。そのどれもがラジアに理解し得るものではなかった。

ラジアはもはやラジアにあらず、何者かに操られる別の何かだった。

おい。

それはいつ、誰が呼びかけたものだったろうか。

おい。

それを人の言葉と理解した刹那、ラジアは自分に戻った。

眼を開けた。

闇が覆っていたが、一部分は何とか見えた。白髪の老人だ。

「……あなたは——？」

頭の何処かで、その答えに納得しかけたが、急に遠ざかった。

「槍を捨てい」

老人は重々しい声で言った。闇に閉ざされた顔は眼鼻立ちもわからなかった。

「槍を捨てろ。人間《ひと》として死ぬにはそれしかない」

ラジアは手の平に槍の感触を感じた。

指を開いた。槍は呆気なく地に落ちた。

無駄なのはわかっていた。槍はひょいと持ち上がったのである。剝き出しになったコンクリートの床から青白い手が生えていた。それが槍を持ち上げると、ラジアへ放ったのである。ラジアが受け止めると、それは音もなくコンクリートの中へ消えた。

「もはや……逃れられぬ」

ラジアは妙に古臭い言い方をした。

「その槍は……私を……離しは……せぬ」

「確かに、こんなに執念深いのは始めてだ」

と老人は言った。

「やはり魅入られたと見える。槍に愛されたか」

ラジアの眼が闇の顔を映した。

「どういうこと？　……あなたは……誰？」

「長い長い時間だった。〝ロンギヌスの槍〟は何を求めているのか、それだけが知りたかった。この街が旅の終わる場所か」

「……あなたは……あなたは……？」

「だが、まだ終焉《しゅうえん》は訪れぬ。いましばらく待つがよい。おまえの辿《たど》る道の果てが示されるのは、それからだ」

ラジアは槍をふった。

それは空気を切って、老人が消えたことを証明した。

2

鈴香はとうとうこらえようとしていた喘《あえ》ぎを洩《も》らした。

監視役の二人のうちひとりが、外の風に当たってくると外へ出るや、片方が挑んで来たのである。

〈区役所〉の駐車場でせつらと別れてすぐ、意識不明に陥り、気がつくとここにいた。

ガスにやられたと鈴香は判断した。幸い効果は失われており、声は自由に出すことが出来たものの、何を質問しても男たちは答えず、淫火の点《とも》る視線を下着姿の肉体に注ぎつづけていたが、ついに我慢し切れなくなったらしい。

「何するの!?」

と叫ぶ口を片手でふさぎ、ブラをずらすと乳房を頬張った。たっぷりと時間をかけて反対側へ移った。一度口を放し、

「我慢しなくてもいいんだぜ。可愛《かわい》い声を出しなよ」

こう言って、またかぶりついた。

手がパンティに潜りこんで来た。指は最も敏感な部分に辿り着くと、馴《な》れた動きを取りはじめた。

鈴香はすぐに声を上げた。胸を責められたときも感じていた。まだそれを続けながらの指使いであった。

「そうだ、それでいいんだ。ぼちぼち濡《ぬ》れて来たぜ、お姐《ねえ》ちゃん」

「あなたたち——あたしのお目付け役じゃないの。こんなことして、バレたら痛い目に遇《あ》うんじゃない?」

「そのときはそのときさ。こんなぴちぴちした裸をさらけ出しやがって。してくれって言うのと同じだ。我慢なんか出来るかよ。さあ、腋《わき》の下を見せるんだ」

「いや」

男は力ずくで鈴香の両腕を押し上げ、腋の下に舌を這《は》わせはじめた。

鈴香は高い声を上げた。最も感じ易《やす》い個所のひとつだった。

喘ぐ口に男がまたかぶりついた。

そこへ、もうひとりが戻って来た。

「おい、何をしてるんだ?」

「うるせえな。もうはじめちまったんだ。おめえも仲間に入れ。下を任せてやるぜ」

「こいつを止めて!」

鈴香は叫んだが、すぐ悲鳴に変わった。乳首に歯

を立てられたのだ。

　この声で二人目が決断した。

　足のロープを外し、激しく抵抗する両脚を押さえた。

　指に舌が加わった。

　鈴香の声が高くなった。

「待って。お願い――聞いて」

　喘ぎながら叫んだ。

「何をだよ?」

　腋の下を舐《な》めている男が訊《き》いた。

「好きにしていいわ。その代わり、あたしの好きなこともさせて」

「何でぇ?」

「上衣着て――したいの」

　男たちは顔を見合わせた。

「上衣?」

　訝《いぶか》しげな顔が鈴香の顔を見て、好色そのものの表情をこしらえた。

「面白えじゃねえか」

　両腿《もも》の間から顔を覗かせた男が、舌舐めずりをした。

「おかしな真似すんなよ」

　上半身を責めていた方が、椅子にかかっていた上衣を取り上げ、ポケットの中身を出してから、

「何だ、こりゃ、古着か?」

　鼻先で笑った。

「公務員って薄給なのよ」

　荒い息をつきながら、鈴香は上衣に袖を通した。

　男が前に廻った。

　ボタンをかけずに開いた前から両方の乳房がのぞいている。

「いいじゃねえか」

　抱きついてくるのを止めて、

「サングラスもどう?」

　と訊いた。

「いいともよ」

男は上衣の胸ポケットに入っていたサングラスを取り上げ、鈴香にかけさせた。

——こっちの番よ
と鈴香は胸の内でささやいた。

サングラスには超音波追跡子《トレーサー》と通信器《トランスミッター》プラス超音波発射端子が装着されている。

「どう?」

片手を服の胸前に入れて、乳房を隠すようにすると、男は一も二もなく色ボケ化した。

サングラスに手をかけ——

急に刺激が失われた。

のしかかって来た男を押しのけ、股間の男を蹴とばして様子を窺う。

どちらも失神していた。

超音波端子はまだ使っていない。

「効いたわ」

思わず上衣を抱きしめてしまった。聖衣を縫いつけた上衣は、見事に所有者の危機を救ったのだ。


素早く衣裳《いしょう》を身につけてから、胸を責めていた男のポケットを調べて、カード入れを奪い取った。

鈴香は部屋を出た。他にも誰かいるのではと不安だったが、難なく外へ出られた。夜である。家は〈四谷〉の片隅に放棄された廃屋であった。鈴香用の一軒であろう。

〈新宿通り〉へ出てタクシーを拾った。愛用のスマホのチェック回路を使って、免許証から男の身元を調べた。

名前は田上寿男《たがみとしお》。三七歳。住所は〈東《ひがし》五軒町《ごけんちょう》〉だった。IDカードの方はプロテクトがかかっていて読み取れなかった。

〈区役所〉へ着いたのは九時過ぎであった。自走路《オートロード》とエレベーターを使って真っすぐ〈輸出課〉へ向かい、PCで田上のIDカードのプロテクトを外しにかかった。

一分で解けた。現在は会社員。問題の会社は、〈新大久保〉にある「アイドル・アイ」であった。

タレント事務所と解説が出ても、鈴香は驚かなかった。芸能関係とやくざの腐れ縁は、双方が誕生して以来だ。

だが、どうして自分を?

謎を解く手は、すぐに思いついた。

携帯を取り出し、ある番号を押した。私事で〈区役所〉の電話を使うわけにはいかない。

通じなかった。三度試して鈴香は椅子の背にもたれた。周囲には誰もいない。いつも賑《にぎ》やかな職場だけに、寂寥が身に沁《し》みた。十分な照明がその思いに輪をかけた。

ドアが開いた。

そちらを向いて、あら? と鈴香は立ち上がった。

鈴香が逃亡したと知るや、権藤は激怒した。

監視役の二人をその場で半殺しにしても怒りは冷めなかったが、すぐに恐怖が黒い手足を広げはじめた。

秋せつらである。

依頼を受け入れさせるべく、鈴香を道具に使った。それが逃げた以上、せつらは依頼を破棄するだろう。いや、明らかに彼を敵と見なすはずだ。そして、敵対者に対する凄絶な戦いぶりも耳に入っていた。

何とかしなくちゃ、殺《や》られる。

〈魔界都市〉の修羅場を生き抜いて来た荒くれ者は、血も凍る思いで美しい若者を怖《おそ》れた。

本来なら何もかも打ち捨てて身を隠したいところだ。しかし、一度手にした聖槍の魔魅には抗し難《がた》かった。

世界の覇者になる。男なら誰でも一度は夢見る高みだ。だが、それ以上に、彼は槍それ自体が放つ魔性の虜《とりこ》となっていた。雷電の狂った理由も今なら良くわかる。

どんな異形の敵が現われようと、退《ひ》くもんじゃねえ。

　この狂的な決意の前に、最初に現われたのが、白髪の老人だったとは。

〈大久保〉のホテル街の一軒を改造したアジトを、どうやって嗅ぎつけたのかと訝しむ前に、その意外さに権藤は驚嘆した。

　ホテルは通常営業中だ。権藤がいるのは、地下一階――といっても二〇メートルも下がった独立施設である。抜け道はあるが、老人は正々堂々、正面の出入口から顔を出した。ホテルや地下アジトのセンサーは鳴りもしなかった。鉄扉は外から開かないシステムだ。

「誰だ、てめえは？」

「権藤さんだね？」

　主人の怒りなど気にした風もなく、老人はのこのこと部屋に入って来た。そして、意外なことを言った。

「〝ロンギヌスの槍〟が目当てだそうだな。わしならやめておく。まず最初で最後の忠告がこれだ。どうだね？　ははん、その顔と眼つきではもろ無視だ。なら、ひとつ手を貸してやろう。聖槍の在り処《ありか》を教えてやるよ」

　勿論、権藤は眼を剝いた。

　狂人――とは思わなかった。自分も彼も、こんなことが起こり得る街の住人だとは重々承知しているのだった。

　しかし、二の句が告げずにいる彼に、老人は右手をふった。

　それまで彼がろくなものを持っているとは思えなかったのである。

　だが、権藤の右手は反射的に動いて、それを受け取った。

　一本の長槍を。

　全身に何かが漲《みなぎ》った。それは彼の身体とは別の場所――その深奥とつながる途方もなく広大な深淵がもたらす〝力〟だった。

「何だ、こりゃ?」

仰天ではなく呆然《ぼうぜん》とする権藤に老人は、左手をかざして見せた。

いつの間にか、それも長槍を摑んでいた。

――〝敵〟だ。

権藤は意識した。それから、意識したのはおれだろうかと思った。

「これと同じものをフロン一族も持っている」

老人は茶呑み話みたいな口調で言った。

「向こうのはもう少し強力かもしれんが――こちらも模造品としては十分だ。行くぞ」

最後のひとことに反応する暇もなく、横殴りに裂いた長槍の柄から、権藤は跳びのいた。

身構える余裕も与えず、ぴたりと心臓へ向けられた槍穂が突いて来た。

動きようがなかった。

殺される――と思った刹那、勝手に手の槍が閃《ひらめ》き、疾風の突きを弾き返すや、凄まじい勢いで突いて出た。

それを難なく右手で摑んで止め、老人は、にんまりと唇を歪めた。

「まがい物の槍だが、おまえを選んだ。敵は本物の〝ロンギヌス〟。心してかかるがいい」

開け放たれたドアの方へ向けた背へ、

「待て。あんたは何者だ? それに――この槍は?」

ドアの向こうから、静かな声が、

「――〝無名兵士の槍〟だ」

3

鈴香の下を訪れたのは、本屋敷《もとやしき》という若い総務課員であった。

「何してるのよ、こんな時間に?」

自分のことは棚に上げて訊くと、

「実はここ二、三日ずっと会いたいと思っていたんです。でも、山南さんずっと外出していたし。今日も駄目かと思っていたんですが、僕も残業で、たまたまここ覗いてみたら」

「何の用？」

「歴史や伝説や超常現象に詳しいですよね？」

「はい」

何を言い出すのかと思った。以前も、ベルサイユ宮殿で、二人の女性観光客が、マリー・アントワネットに遭遇したのは本当か？　とかおかしなことを質《ただ》しに来る連中がいて、閉口した覚えがある。

「実は――聖衣ってご存知ですよね？　あの、イエス・キリストが処刑されたときに着ていた服のことですが」

「それがどうかして？」

鈴香の頭蓋の中で、何かが振動しはじめた。心臓の鼓動だった。

「聖書だと、あれ四つに分かれて、役人が持ち去ったって書いてありますね。確か『マタイ伝』」

「『ヨハネ伝』よ。『マタイ伝』には〝彼らイエスを十字架につけてのち、籤《くじ》をひきて其《そ》の衣をわかち〟とあるだけ。『マルコ伝』にもほんの少し、『ルカ伝』に到《いた》っては何にも記されていない」

声がきつくなるのを鈴香は意識した。二人がかりでレイプされかけた上、安息の地で、こんな中途半端なごたくを聞かなければならないのか。

「聖衣は四つに分けられたとあります」

本屋敷はめげずに言いつのった。

「で、うちにあるのが、そのうちのひとつ――一枚らしいんです」

気は確か？　と言いかけるのを、鈴香はかろうじてこらえた。何も否定してはいけないのが、この街のルールではないか。

「はい、あなたの家にイエスの聖衣がねえ。あなたの家は何？　古道具屋か何か？」

「いえ、代々公務員ですが」

「そこに聖衣があるって？」

「そうとしか思えないんです。これから来て見てくれませんか?」

「急ぐの?」

明日にしてほしかったが、事は一刻を争うと鈴香にもわかっていた。

「ええ。おかしなことばっかり起こるんです。あの――鴉《からす》の群れが窓ガラスをぶち破ってそれをついばみに来たり、気がつくと、映画に出てくるローマの役人みたいな格好のおっさんが、じっとそれを眺めていたりするんです」

「楽しそうなお家ね」

「冗談でしょ。気が狂いそうです」

「それで、鴉やローマ兵はどうしたの?」

「何も」

本屋敷は、バツが悪そうな表情で言った。

「…………」

「鴉どもは嘴《くちばし》をカチカチ鳴らして、嚙みつこうとしてるんですけど、結局、何もしないで飛んでってしまいました。ローマの役人も、見てるだけでそのうちいなくなってしまって」

「どうして、それが聖衣だってわかったの?」

「夢の中に、イエス・キリストの処刑の場面が出て来たからです」

本屋敷は両手で山のような形を描いてみせた。

「小高い丘の上に、十字架が何本か立っていて、その中の一本に架けられた人物の足下で、兵士らしい連中が、着物を奪い合っているんです。それを四つに裂いて、みなで持ち去りました。夢の中のせいか、十字架上の人がキリストで、着物はこの衣裳だってわかりました」

「そう言えば」

鈴香は肝心なことを忘れていたのに気がついた。

「君の聖衣って、どんな形をしてるの? 夢で見たままじゃないでしょ?」

「ええ。その――」

「何なのよ?」

「ちょっと言いづらいんです。やっぱり、家へ来て見てくれませんか？」

「悪いけど、あなたの家へ行くって伝言残しとくわよ。用が済んだら、消しとくわ」

スマホを使えば簡単な作業だった。

本屋敷の家は〈高田馬場一丁目〉――〈諏訪《すわ》神社〉の近くにある2DKのマンションであった。

広くて採光も十分、設備も調度も金がかかっている。

「あなた、お金持ちのボンボン？」

「はは。親が〈区外〉で社長やってまして」

「なんで〈新宿〉にいるの？」

「代々〈新宿〉なんです。親父の代で〈区外〉へ移ったんですけど、僕だけこっちへ就職したんですよ」

「おかしな人ね。天国より地獄が好きだなんて」

「地獄の方が面白そうですよ」

「で、聖衣は何処にあるの？」

本屋敷は苦笑を浮かべ、鈴香を居間に残して、奥の部屋へ向かった。

五分ほどで出て来た。

「これです」

両手で丸めたものを、まるで悪さの証拠を先生に示す生徒みたいな顔で、テーブルの上に広げた。

それをしげしげと眺めてから、鈴香は突っ立ったままの後輩を見上げた。

「何よ、これ？」

「パンティですかね」

「ですかね、じゃないわよ。何とぼけてるのよ」

「はあ」

「あなたひとり暮らしよね」

「いや、ときどき彼女が来ますよ」

「そんなものがいるかどうか、女にはすぐわかるのよ。これ、どうしたの？」

「…………」

「盗んだのね？」

「…………」

「あんたパンティ泥棒？」

「やめて下さい。それ専門じゃないんです」

「専門じゃないって――他にも盗《や》ってるのね。この変態！」

　本屋敷は素早くパンティを取り上げ、

「山南さんなら誰にもしゃべらないと思ったんです。いいですね？　もしも誰かの耳に入れたら、これ、燃やしますよ」

「わかったわよ。ちょっと見せて」

「返して下さいよ」

　本屋敷の眼は据わっていた。

「はい、約束します」

　手にしたパンティを鈴香はあれこれ調べた。何となく気恥ずかしかったが、気にしている場合ではなかった。

　間違いない。丸ごと聖衣だ。


「罰当たりなことを」

　遥か遠い国の遠い過去から、どんな運命の巡り合わせで女性の下着になったものか、鈴香には見当もつかなかったが、思いはこのひとことに乗せるしかなかった。

「全くです」

　パンティ泥がうなずいた。

「馘《くび》った上、ムショに入りたくないわよね？」

「それはもう」

「なら、これあたしに譲って頂戴。一万円出すわ」

「えー？」

「なによ、その顔？　不満なの？　もとは盗品じゃないの。それが一万円よ。資料代で請求しとくけど」

「わかりました。ただし、条件がひとつあります」

「――何よ？」

　本屋敷は四方に眼を走らせてから、顔を寄せて来た。

「な何よ」

「ここで穿《は》いてみてくれませんか？」

「この変態」

右手をふり上げると、本屋敷は素早く後退し、ライターを取り出して、布に近づけた。

「嫌なら火を点けますよ。一万円もいらない。はは穿いて見せて下さい――一度、山南先輩のを見てみたかったんです」

「前から狙ってたのっ!?」

「はい」

「穿いてみてみせたら、くれるのね？」

「それはもう――はい」

「はいはいはいはい」

と鈴香は歯を剝き、古着屋で買ったサブリナ・パンツのジッパーに手をかけた。


タクシーの運転手に、せつらの住所を告げて、鈴香は緊張を解いた。


穿き替えを見ているうちにとびかかって来た本屋敷は、ハンドバッグでぶちのめしてやった。新しい聖衣を見せて、自分を用無しと扱ったあの愛《いと》しい人捜し屋に、ぎゃふんと言わせてやる。

ここで、はっと気がついた。

「見せるって」

穿いたままである。

「冗談じゃないわ」

とあわてて脱ぐ――のは普通の相手の場合だ。いま、鈴香の脳裡《のうり》に浮かぶ世にも美しい顔に、鈴香は形容し難い淫靡《いんび》な妄想を結びつけてしまったのだ。

――見せてやろうか。そのとき、あの美貌がどう変化するか。あわてるか、怒るか、照れ臭そうにするか。

いや、少しも変わらず、

「どーも」

と言うきりだろう。

ならば。

普通ならこんなことを考えもしない。だが、タクシーの先に待つのは、天上の美しさだ。今まで平気だったのが不思議なくらい、鈴香は昂《たかぶ》っていた。

「取りなさいよ」

と言ったらどうだ？

黙って脱がそうとするか。

少しは困るだろう。

脱がさないという考えは最初《はな》からない。

脱がす前にまず見る。じっと、あの寝呆《ねぼ》けたような、冷たいような、摑みどころのない眼差《まなざ》しが、鈴香の股間に注がれる。

「ああ」

妄想の鈴香と現実の鈴香の思いは、現実の声となってこぼれ出た。

手がパンティにかかった。

見られている。視線が感じられる。そして、ゆっくりと下ろされて……。

あの底知れないほど深い黒瞳が、あそこに……。


「着きました」

運転手の声と同時に、車は止まった。

窓から覗くと、見覚えのない場所だ。青い月がかがやく廃墟の真ん中だった。闇の中に瓦礫《がれき》の山やビルの外壁がぼんやりと浮かんで見えるのは、月光のせいだろう。

「ありがとう」

礼を言って、鈴香はタクシーを下りた。ためらいもせず、ある方向へ歩き出した。

かなり奥へ入った。

明かりが見えた。炎が揺れている。焚火《たきび》だ。

数人が囲んでいた。こちらに向けた背中も、炎がゆらめかせている顔も、闇に溶けていた。

何か唱えている。歌ではない。

ぶつ切りだが、リズミカルな言葉であった。鈴香は耳を澄ませた。

デテコイ
と言っている。

出て来い、だ。

何を？

鈴香は真っすぐ進んで、

「失礼します」

断わってから、囲みに加わった。

出て来い
出て来い

鈴香は右隣りの男に訊いた。

「何を出そうとしているのですか？」

意外なことに、返事はすぐあった。

「槍だ」

「それは？」

「〝無名兵士の槍〟だ」

やはり、と思った。こうしていれば彼らの祈りが叶《かな》えられるとは到底思えなかったが、離れることは出来なかった。


「あれは——存在するのでしょうか？」

今度は左隣りの男に訊いた。

声が止まった。突然の沈黙に鈴香はとまどった。自責の念が湧いたのと——含まれた怒りと憎しみに打たれたのだ。

全員が低く呻《うめ》いた。それは呪詛《じゅそ》に似ていた。

みなが立ち上がったのに、鈴香はたじろいだ。

「邪魔したな」

「許さん」

「訊いてはならぬことを」

全員の右手が光った。三〇センチもする蛮刀が握られていた。

「ちょっと——」

月光の下に光る尾を引いて刃《やいば》はふり下ろされた。

きゃっと叫んで鈴香は前方へ跳んだ。

肩から焚火へ突っこんだ。火の粉が渦巻き、薪が吹っとんだ。

不思議と熱くはなかった。

第六章　〈新宿〉の思惑

1

長い刃の輪が狭まってくる。

叫んで立ち上がった。

「やめて！」

前方の男の顔めがけて右手を振った。手応えと火花が爆発した。いつの間にか燃える薪の一本を握っていたらしい。

無我夢中でふり廻《まわ》した。そのたびに男たちにぶつかり、火花とともにのけぞった。息が切れた。

「かかって来い！」

これだけ叫ぶと鈴香は酸素不足で失神した。

「無事か？」

耳もとで声がした。訛りのある日本語――外国人だ。呼吸は苦しいが、楽になりつつあった。ようやく事態に対する疑惑が頭をもたげた。

「私――どうして、こんなところに？」

「喚《よ》ばれたんだ。タクシーの運転手も」

若者が言った。精悍《せいかん》な旅立ち――アラブ系だ。腋の下から腕を入れて、強引に鈴香を立ち上がらせた。

礼を言うより先に周囲を見廻し、鈴香は眼を見張った。

誰もいない。あちこちで薪が燃えているきりだ。

「そんな」

どんな現象もあり得るとわかってはいても、恐怖と疲労のせいか、つい口に出た。

「彼らは〈新宿〉の魔性だ。〝無名兵士の槍〟を喚び出そうとしたのだが、やはり失敗した」

「どうして、私まで喚んだの？」

「君は、何か重大な品を身につけている。僕にはわからないが」

聖衣だ、と思った。

「――あなたは誰よ？」

核心に入った。

「イシャールだ。名前しか言えない。君を助けに来た」

「どうして、私を？　尾《つ》けていたの？」

それも信じられないことだった。

「ここへ行けと言われただけだ。君がいるから救え、と。だが、その必要はなかった」

やっと若者が笑った。健闘を讃《たた》えているのだと知って、鈴香も表情を明るくした。

「で、私をどうするつもり？」

「何も。家まで送ろう。けれど、二本の槍のせいで、〈新宿〉が眼を醒《さ》ましつつある。これを防がなくちゃならない。君の持っている品が必要になる」

「そ、そうなの？」

少しあわてた。穿き変えなくてはならない。だが、そうしてしまっていいものか。

「あの――都合が悪くなって。身体から離しては駄目かしら？」

「何のことだ？」

「――何でも」

答えた途端、ぐらりと来た。

周囲の壁や瓦礫の山が崩壊していく。異様な声が湧き上がった。

「寒い」

鈴香が自分の肩を抱いた。

イシャールもこめかみを揉《も》んだ。

「気が遠くなってくる――魔性が動き出した。ここを出るぞ」

左右からコンクリートの壁が崩れて来る。その下で妖物らしい悲鳴が連続した。

夢中で走った。

不思議と瓦礫は鈴香を避けて落下するようであった。何とか廃墟を抜けたとき、イシャールは肩を押さえ、頭頂から血が滴っていたが、鈴香には傷ひとつつかなかった。

「君は守られているね」

彼は羨ましそうに鈴香を見つめた。

通りの向こうにナナハンが一台止まっていた。

運転席に乗ろうとして、イシャールは右の肩を押さえて呻いた。骨をやられたらしい。

「チェンジ」

鈴香は彼を押しのけ、運転席についた。

呆然と見つめるアラブ人へ、

「これでも元暴走族のサブだったのよ」

スロットルをかける動きもハンパじゃない。エンジンは猛《たけ》り狂った。

「公務員試験のときは一切秘密で通したけどね。後ろへ！」

イシャールが腰へ手を廻すと、

「信号無視で突っ走るわよ、しっかり摑まってて、落ちても戻らないからね！」

ナナハンは風を巻いて走り出した。エンジンは獰《どう》猛《もう》な轟《とどろ》きを上げてそれを支えた。

「〈十二社《じゅうにそう》〉へ行くわよ」

鈴香はスマホを使ってPCの伝言を消した。


こうなれば、目的も目的地もひとつであった。

いまも脳裡に玲瓏《れいろう》なる月輪のごとく漂う男――秋せつらの下へ。


この二時間ほど前のことである。

せつらの下へ権藤から電話がかかって来た。

「女が逃げた」

と告げ、

「そうなった以上、おまえはおれを狙うだろう。これから決着をつけたい」

と言った。

「無事ならいいけど」

「そんな口車におれは乗せられんぞ。出て来い」

「やだね」

「では、おれのいる周りの家全部に放火し、犯人はおまえだと言いふらすぞ。みなすぐにでも犯人を見つけて私刑《リンチ》にしたい。〈新宿〉中がおまえの下へ押しかけるぞ」

「なら、みんなまとめて――」

と、一瞬、勝ち誇る権藤の首すじに冷たいものを走らせてから、

「わかった」

と言った。

場所は、〈百人町《ひゃくにんちょう》〉の廃墟だった。

この道一帯は〈第一級安全地帯《ファースト・セフティ・ゾーン》〉だから、一応廃墟もそれに準じる。

月光が降り注ぐ屋上に権藤はひとりで待っていた。右手に長槍を立てている。

「わざわざもう」

面倒臭いのか違うのかよくわからないせつらの言い草へ、

「おれは力を貰《もら》った。手始めに〈新宿〉一の人捜し屋で試させてもらおう」

と返して来た。

「――何、それ?」

「〝無名兵士の槍〟だ」

「パチもんだ」

「そう思うか?」

権藤は不敵に笑った。

「おれを見ろ。身体中の血がたぎっている。全身を包むオーラが見えねえか? おれは神を刺した槍を手にしているんだぞ」

「だから?」

こういう場合、せつらのような反応ほど、得意の絶頂にいる相手を激昂《げっこう》させるものはない。

権藤の眼に――全身に憎悪がたぎった。神を冒瀆《ぼうとく》する者は八つ裂きにするべきであった。

「やれやれ」

とせつらはつぶやいた。手間がかかる上、一円にもならない――そんな声であった。

「くたばれ」

言うなり、槍をふった――つもりだった。

槍は動かなかった。掴んだ手は見えない糸に自由を奪われているのだった。

「貴様——これは？」

「来る途中から」

とせつらは言った。対決場所を知らされた以上、チタン鋼の妖糸は蜿々《えんえん》と地を這い、風に乗って数キロ先の目的地まで辿り着く。ここを訪れるタクシーの中から、せつらは屋上へ妖糸を送り、先にいた権藤を呪縛していたのであった。

「では」

肉に食い入る激痛に権藤は絶叫を放った。

不意に熄《や》んだ。

せつらは、あれ？　とつぶやき、権藤は笑み崩れた。遠い空で鳥の鳴き声がした。

「どんな手を使ったかしれんが、今のおれは槍が守る。秋せつら、聖槍によって地獄へ行け」

妖糸はほどけていた。

槍がふられた。

ごお、と叩きつけられたのは、マッハを超えた風ならぬ剛体《ごうたい》であった。せつらはその中に呑まれ、その形と色を失いつつあった。

「何処へ行く、〈新宿〉ナンバー1？」

権藤が哄笑《こうしょう》を放った。

「この槍はおまえの言ったとおりのイミテーションよ。だが、人間《ひと》ひとり処分するくらいは朝飯前らしいぜ。どこへ消えるか知らねえが、手紙でもメールでもくれや」

月まで届くかと思われる笑い声が、突然止まった。

上空から黒い塊りが一気に急降下するや、彼の顔面に翼を広げたのだ。大鴉《おおがらす》であった。

悲鳴が上がった。鋭い嘴が権藤の片目をくり抜いてしまったのだ。

白い視神経の尾を引いて、それは五メートルも先に放り出された。

大鴉はせつらの頭上へ飛来し、空気の壁を激しく突き破った。

「摑メ」

よろめきつつ、せつらがその足首を摑むや、羽搏《はばた》きひとつ――一羽とひとりは信じ難い速度で上空へと舞い上がった。

凄まじい怨嗟《えんさ》の声が下方から追って来た。

「絶対に逃がさねえ。必ずお返しはするぞ。てめえの目ん玉、両方ともくり抜いてくれる！」

血まみれの眼球を手に、権藤は月のかがやく夜空を見つめた。

もはや鳥もせつらも見えない。

「畜生め」

呻きつつ、彼は眼球を墨のような血が詰まった眼《がん》窩《か》へ戻した。神経はたちまちつながった。黒瞳は爛《らん》々《らん》と外道《げどう》のかがやきを漲らせた。

「次は逃がさねえ。だが、その前に、他の槍と槍持ちを始末しなくちゃならねえかな」

異常な闘志が彼の身を震わせた。

片手に高々と長槍を掲げ、彼は恍惚とそれに見入った。


ヌーレンブルク邸の天窓から入って、せつらを下ろすや、大鴉は
「だうん」

とひとこと言って、床にたおれた。

その身体が黒煙を噴き上げはじめたとき、ピンクのネグリジェにとんがり帽子のトンブと、天鵞絨《ビロード》のドレスを身につけた人形娘が駆けつけ、トンブは何やら呪文らしきものを唱えて黒煙を消した。

「やっぱり、イミテーションといえど腐っても〝無名兵士の槍〟だわさ。危うく溶解するところだった。薬を塗っておやり」

「はーい」

と返事をしたものの、人形娘はソファに崩れたせつらから離れようとはしなかった。

「お加減は？」

「大丈夫。めまいだけ」

「ではお茶をお持ちします」

「こっちこっち」

とトンブが騒ぐ。

「もう」

と吐き捨て、せつらには、

「少しごめんなさい」

と伝えて、不貞腐《ふてくさ》れ気味にトンブとテーブル上の大鴉の下へ行くと、ドレスのポケットから金色のピル・ケースを取り出し、中身を指に取って、大鴉に塗りはじめた。それを見たトンブが、やっとせつらへ向かって、

「水晶玉で見てたけど、危なかったね」

「どーも」

口調はそのままだが、ずっと低いせつらの声であった。なぜ、助けに来たのかも興味はないらしい。

トンブは得々と、

「今回の事件じゃ、あたしも一枚嚙むことになると水晶玉が言ったのだわさ。それで、とりあえず、あんたと〈区長〉の動向をずうっと探ってた。いきなり、〝無名兵士の槍〟のイミテーションと闘《や》り合う羽目になるとは思わなかったわさ」

「鴉は？」

せつらが訊いた。人並みに恩人の生死は気になるらしい。

「普通なら何てことないんだけど、やっぱり、聖なるものに挑むとそれなりの被害を受けるのだわさ。あたしの見たところ——危いねえ」

「それはそれは」

せつらはソファから立ち上がり、テーブルの方へ行った。

へたり潰れた大鴉の前に立って、見下ろした。不審そうな表情になった人形娘が、鴉の瞳にせつらの顔が映った刹那、あっ!? と叫んだ。

大鴉の全身に力が漲ったのだ。

その嘴が、こう叩き出した。

「NEVER MORE」——もう二度と。

それは二度とこんな目には遇わないという決意の

意味か、こんなに美しい男は二人といないという意味か？

夜の翼が羽搏いた。

「甦《よみがえ》ったよ」

世界第二の魔道士が畏怖さえこめてつぶやいた。

死せる生命を秋せつらという名の美が救ったのであった。

2

せつらの手当てに取りかかったとき、トンブは呆れ、人形娘は恍惚としていた。

「妖気で押しつぶされたんだね。いい薬があるよ」

トンブはこう言って廊下の奥へ消え、凄まじい獣の咆哮《ほうこう》と悲鳴、愁々《しゅうしゅう》たる女の泣き声、意味不明の男の絶叫、青白い火花と炎が絶え間なく噴出した。

「何？」

とソファに横になったせつらが尋ねると、

「妙薬ですわ」

人形娘が微笑んだ。

「――毒薬としか思えないでしょうけれど」

「全く」

そこへトンブが、得意満面な顔で銀製のトレイにシェリー酒のグラスを乗せて運んで来た。

紅《あか》い液体を満たした瀟洒《しょうしゃ》なグラスを素直に喜べないのは、トンブの身体のあちこちから黒煙が立ち昇っているからだ。

しかし、効き目は抜群で、せつらはみるみる体調を取り戻した。

「原料はね、蝙蝠《こうもり》の眼玉と――」

「〈区長〉はどうしてる？」

話題を変えざるを得なかった。

「家で寝てるわさ」

「幸せな男だ」

「全く。汗水垂らして働くのは貧乏人ばかりよ」

「僕の相手は〝無名兵士の槍〟のイミテーションを

持ってた。およそそんなものに縁がなさそうなやくざだ。どうやって?」

「誰かが渡したのだ」

「誰か」

「あたしにも正体はわからない。凄い力の持ち主よ」

「その力からたぐっていけない?」

「勘づかれたら危いのだわさ」

「それほどの相手か――ひょっとして」

口をつぐんだせつらを、トンブはある眼差しで眺め、間を置いてうなずいた。

「兵隊さん?」

「或いは、その血を引く者」

「この街は素敵だ」

せつらは嬉しくもなさそうに言った。

「――住民がバラエティに富んでる」

「そうですわ」

と人形娘が拍手した。


「そいつの居所は?」

「さっぱりだよ。でも、やくざにイミテーションとはいえ、とんでもない品を送るなんて――何を考えているんだか」

と丸太のような腕を組んで、

「けど、あんたも今回は危そうだね」

「ふん」

「あたしが鴉に行かせなかったら、今頃、滅びちまってるわさ」

「ふん」

「ここは大人しく引っ込んで、成り行きを見てたらどうだわさ? 片がついたら出てって、うまい汁だけ吸えばいいのだわさ」

「そうです!」

人形娘が拍手を送った。

「トンブ――いえ、トンブさまの仰《おっしゃ》るとおりですわ。甘い汁がいちばんです。無理して戦う必要なんかありません。闘いたいマニアに任せておきましょう」

「そうもいかない――もう受けた」

仕事のことであろう。

「やれやれ、義理固い男だよ。一生損してくタイプだね」

トンブは呆《あき》れ、

「とんでもございません。それでこそ秋さんです。男の中の男ですわ。打たれても勝ち目がなくても、死を覚悟の上で仕事をこなしていく――素敵」

すが目でこちらを見る雇い主にはそっぽを向いて、人形娘はまた拍手をした。

「これで槍は知る限り三本。うち二本がレプリカで、どの程度の力を持つのか想像も出来ない。けど最後は呼ばれてくよ、本物の一本に」

「本物が勝つ？」

「間違いなく、けど――二本まとめてかかれば、勝機はひょっとして――」

「偽物が勝つ場合も」

「ないとはいえないわさ」

「ところで、目的は？」

せつらは真正面からトンブの眼を覗きこんだ。ある意味史上最強の魔法である。せつらの凝視に対抗できるのは――ドクター・メフィストといえども万全とは言えまい。

「なな、なにも」

という返事が、大ありだと告げている。

「目的は？」

もう一度、眼を見つめながら。

「〝ロンギヌスの槍〟のおこぼれだわさ」

「世界の王になって、がっぽり」

トンブは口をへの字に曲げた。図星だったらしい。

「最初はそう思ってたんだけどね。よくよく考えると、柄じゃないのだわさ。そこで、そんな奴《やつ》の出現を防いで、平和を取り戻した世界からお礼を貰う方向へチェンジしたのだわさ」

ぶよぶよした手が、せつらの肩を抱いて、

「同志」

「おやめ下さい」

人形娘だ。ふくれっ面《つら》である。トンブは手を引っ込めた。

「槍は放っといても暴れ出す。そして戦い——決着がつくだろう」

トンブはひとりうなずいた。

「けど、そうなったらもう間に合わない。その前に何とか槍をかっぱらうしかないのだわさ」

「そんなこと出来るのですか?」

人形娘が瞬《まばた》きをした。不安の表現だ。人形でも世界の終焉は気になるらしい。

「今まで、世界に決定的なダメージが生じなかったのは、そうやって来たからさ。いわば〝聖なるかっぱらい〟のお蔭だね。あたしたちもそうなるしかないのだわさ。あんた何とかしなさいよ」

せつらは、うーむと言った。


「出来なくても大丈夫。最後の手があるわさ」

「何ですの?」

トンブは芋虫のような指で、せつらを指さした。

「彼がうろつけば、槍の方からやって来る。水晶玉はそう言ってるよ」

「でも、秋さんは人捜し屋ですよ。向こうが捜しに来るんですか?」

「そうともさ。おまえ、何となく違って見えないかい?」

雇い主の声に従って、人形娘は何やら思考中のせつらに眼をやったが、すぐ、

「全然」

「未熟者めが。この色男も、いつもとは別の力を備えつつあるよ。多分——〈新宿〉の力をね」

「〈魔界都市〉の力」

茫乎《ぼうこ》たるつぶやきを向けられた若者は、二対の視線の前で、一層妖しくかがやいた。

かがやきは立ち上がった。

「お世話さま」

ドアが閉じると、二人は身震いをひとつした。

トンブは額の汗を拭いながら、

「おまえだったら、どっちを取る？」

と訊いた。

「それはもう」

「わかってるわさ。けどね、それはあの色男を選ぶことにならないのだわさ」

「じゃあ、何を？」

「〈魔界都市〉だわさ」

「〝神を刺した槍〟と〈魔界都市〉」

人形娘の眼はドアを見つめていた。

いま、〈新宿〉はそこを抜けて行ったのだ。

「どっちを選んでも——世界は危いことになりそうだわさ」

トンブはもうひとつ身震いした。


家の前でタクシーを下りる前から、せんべい店のシャッターの前に、誰かが立っているのはわかっていた。

「何してる？」

誰なのかもわかっているせつらの声であった。

「連絡がつかないので——心配になって」

鈴香は小さな声で言った。俯《うつむ》いている、それを上げて、

「それと、聖衣の残りを」

「手に入れた？」

「ええ」

小声はもっと小さくなった。

「上がって」

〈秋人捜《DSM》しセンター〉のオフィスたる六畳間へ入ると、せつらは、

「お茶飲む？」

「はい」

立ち上がろうとするのへ、

「あたしがやります」

「いや」

「いいんです。あの――持って来ました。コンビニであったかいやつ。コップもあるから、何もしないで」

　鈴香は紙袋から一ℓのペットボトルとプラスチック・カップ二つを取り出した。包装を破ってカップを並べ、お茶を注いだ。

「乾杯してもいいですか？」

「いいけど――仕事は？」

「あ、すぐ」

　乾杯をしてカップを置くと、せつらはすぐ立ち上がって、戸棚の方へ行った。

　戻って来て、眼の前に置いたものを見て、鈴香は眼を細めた。

　湯呑《ゆの》み茶碗《ちゃわん》である。片方はせつら専用、客用は鈴香の眼の前だ。それと――ざらめと品川《しながわ》巻きの皿。

「ありがとう」

　新しく注ごうとする鈴香の手を止めて、せつらはペットボトルを持った。

　注がれるお茶を眺めてから、鈴香はせつらを見た。

「ひょっとして」

　世にも美しい若者は言った。

「ハッピー・バースデイ」

「あ」

　鈴香は俯いてしまった。勝手に祝ってすぐやめるつもりだったのに、事態は別の方角へ進んでいる。

「あの……どうしてわかったんですか？」

「どうしてわからないと思う？」

「…………」

「ハッピー・バースデイ」

　せつらは改めて湯呑み茶碗を上げた。

　鈴香はざらめを一枚と品川巻きを二個口にした。

　いきなり涙が溢《あふ》れた。

「どしたの？」

「——何でもありません。今日は色々あって、少し疲れちゃった。一度電話したんです。でも、つながらなくて」

「ほう」

せつらの眼が光った——かもしれない。

急に意識が遠のいた。

はじめて体験した様々な出来事のもたらす疲れが、せつらといる間にまとめて襲いかかったのである。

ぐんぐん暗黒へ引き込まれていく意識の中で、

「こら。話」

世にも美しい声である。鈴香の意識は急速に浮上しはじめた。

眼の前に、世にも美しい顔があった。別の意味で意識が遠のいた。

「話」

これで戻った。せつらも遠のいていている。

〈区役所〉で別れてからの一部始終を話してから、鈴香はもう一度失神した。

「困ったものだ」

こう言うと、せつらは鈴香を抱き上げた。

〈新宿〉中の女性たちが発狂しかねないシチュエーションではあった。

「おや？」

視線が戸口に突き刺さった。誰かがいるとでもいう風に。

翌朝、鈴香はいったん部屋へ戻って〈輸出課〉へ連絡を入れ、午後から出勤した。

幸せな気分だった。

受付から内線で、面会の希望者がいると伝えて来た。電話の声は震えていた。

「お名前は？」

と訊いた。

「牧ラジアさんですが」

3

鈴香は息を引いた。

「特別応接室へお通しして。それから――」

「はい？」

「警備室へ連絡して。すぐ行きます」

ラジアはひっそりと狭い応接室の肘かけ椅子にかけていた。

鈴香が驚いたことは、一片の妖気も漂っていないし、憑《つ》かれている風もない。ハンドバッグはあるが槍はない。エキゾチックな美女の面会人――それだけだ。

「山南でございます。どんな御用件でしょうか？」

「私のこと――覚えてるわよね？」

「――はい」

「じき、ポリスが来るわね。一緒に来て頂戴」

「え？」

思わず身構える鈴香に、ラジアは微笑を示した。

「助けて欲しいのよ」

「え？」

この反応ぶりに、鈴香は自分は阿呆《あほ》ではないかと疑った。

「あの槍が私を狂わせている――と責任逃れをするつもりはないの。でも、このままで行くと、私が世界の王になってしまう」

これを苦笑混じりに言ったものだから、鈴香はまたも、

「はあ!?」

三度に亘《わた》って阿呆だとの自覚を持った。

「あれは、永遠に世の中に出してはならない品なのよ。一般人で何とかできるのは、あなたしかいないわ。理由はわかるでしょう。お願い、一緒に来て」

「無理よ。他の人も一緒じゃないと怖いわ」

ドアが開いて、警備員たちがなだれ込んだ。

大口径レーザーの銃口がラジアに集中する。どの顔も緊張と恐怖のあまりか殺気立っている。TVでの中継を見たのだ。

「武器はないわ、落ち着いて！」

鈴香が叫んだ。ラジアに向かって、

「行くんなら、この人たちも一緒よ。それでどう？」

はっとした。

ラジアの姿が色彩を失い、椅子の背がはっきりと見えた。

「下がって！」

警備員の声が飛んだ。鈴香は素早く伏せた。

鈴香の頭上を灼熱《しゃくねつ》の光条が走った。

「いないぞ！」

警備員の鋭い声が、鈴香を立ち上がらせた。

「全員、各階のモニター・チェックを欠かすな。心霊センサー、心霊砲出力最大に上げろ」

指示を出していた隊長らしい男が近づいて来て、

「あれは生霊《いきりょう》です」

と言った。鈴香はうなずいた。

ラジアのかけていた椅子の背は、きれいに消失し、背後の壁の表面は溶けかかっていたが、貫通はしていない。耐熱鋼が使われているのだ。

通常、おかしな訪問者には、天井や壁や床に隠された麻痺銃《パラライザー》が使用される。殺人兵器が駆使されたのは、やはりTV中継の影響だろう。

そこにかけていた鬼女ともいうべき美女のはかなげな風情が、鈴香の脳裡から消えようとしなかった。

——私に助けを求めて来た？　でも、何処《どこ》にいるの？

今となっては空《むな》しい問いであった。

薄闇の中に真紅の光点が二つ点った。矢来町にある廃墟の片隅である。ラジアの本体はここに横たわっていた。悪霊妖物の巣窟といってもいい。マンション前での戦い以降、当然訪れた捜索隊も、多大の被害を蒙《こうむ》って退散した。

いまも悪霊や妖物がラジアの肉体に憑依を試みたり、肉を食いちぎろうと牙をたてているが、何の効果もなかった。

数分前、異変が生じた。

悪霊はたやすく体内に侵入し、妖物たちは肉を咀《そ》嚼《しゃく》してのけたのである。

彼らは歓喜した。

それがいま、侵入したものは弾きとばされ、肉を貪《むさぼ》る獣は血を吐いた。〈区役所〉を訪れたラジアが消滅したのと同じ瞬間に。

「昨夜——秋せつらの家へ行った」

不意にラジアはつぶやくように言った。唇が震えたとしか見えないが、確かに声であった。

「そこで、おまえを見た——朝まで一緒だったな。内部《なか》で何をしていたのだ?」

赤い光は紅く——血の色となった。双眸《そうぼう》だ。


「私は狂った。嫉妬で身を灼《や》いた。なのにどうしても内部へは入れなかった。私は気も狂えないほど狂っていたのか。そして、いま、この世を守る栄をあの女に教えるべく、自らの魂を女の勤め先にまで飛ばしてしまったのだ。だが、あの女はそれを信じず、灼熱の炎で報いた。もはや許さぬ。これから行くぞ。そして、秋せつらの前で、おまえを八つ裂きにして、腐り切った内臓を魔鳥の餌《えさ》となるまでばら撒いてくれる」

ラジアは立った。

「あの女を処分するまで、邪魔が入ると鬱陶《うっとう》しい。力を貸せ」

ラジアは右手の槍に話しかけた。手が持ち上げたのか、槍が上がったのか、それは彼女の顔の前を上から下へと、こするように動いたのである。

そこにいるのは、ラジアの衣裳を着けた平凡な顔の女であった。

「名前は泉良子《いずみりようこ》とでもしておこう」

そして彼女は長槍を天高くへ送ると、柄の端から右の袖口へと戻しはじめた。三メートルを超す槍はたちまち消え失《う》せた。

軽く右腕を廻して、女、泉良子は素早く身体の塵《じん》芥《かい》を払って廃墟を出た。

地面が揺れた。


「久しぶりに大きいな」

〈区長室〉で、デスクにしがみついた梶原が、怯《おび》えた眼を天井に向けた。

「こりゃ何かあるぞ」


「ほほう、〈新宿〉が動き出したか」

白髪の老人が、ベッドから下りて窓の方へと歩きながらつぶやいた。同じベッドからたくましい若者が、裸の上半身を起こした。

「こいつは本格的に厄介になって来た。もう少し保《も》つかと思ったが、神はお許しにならなかったか」


「時来たれり、か。まがいものが本物に勝つこともある。それが〈新宿〉だと聞いた」

フロンは豪華な居間に据えられた大理石のテーブルに、マイセンのティーカップを置いて立ち上がった。

「マクテよ、我が一族の叡《えい》知《ち》を結集させた〝偽りのロンギヌス〟で、見事、本物を斃《たお》して来い」

「感じるぜ、〈新宿〉をよ」

なおも揺れを熄めぬ壁に片手をあてがって、権藤は興奮に身を震わせた。

「聖なるものが雌《し》雄《ゆう》を決する？　本当にそうか？　それを許すのは誰だ？　神さまか？　いいや、〈新宿〉さ」


「あ、揺れてる」

〈歌舞伎町〉の雑踏の中でこうつぶやくと、秋せつらは足を早め、「歌舞伎町・健康センター」のドアを押した。


「お待ちなさい」

〈区役所〉の半ブロックほど手前で、街頭易者が通りかかった女に声をかけた。

何か？　とでもいう風にふり返った相手へ、

「あなたの後ろからついて行くものたちがたくさんある。気づかぬか？　いいや、わかっているはずじゃ。なぜ平気でいられるのか？」

女はちら、と易者に無表情な視線を当てただけで行こうとした。

「待ちなさい。あんたが何者か知らんが、わしなど及びもつかぬ大物に違いない。ほれ、今も足下の地面が裂けて、青白い顔がのぞいておるぞ。いかん、いかん。そこ動くな」

叫ぶや易者は腰を下ろしたまま、右手を振った。

竹製の筮竹《ぜいちく》は、女の後ろの空間を貫いて消えた。


「これで、一時《いっとき》は消えた。だが――」

易者は眼を見張った。

見えないものを見る両眼は、空中から降下し、地上から湧き上がる黒い塊りを捉えていたのだった。

「〈新宿〉だ」

と易者は心臓のあたりを押さえて呻いた。黒いものが彼を取り囲んでいた。

「〈新宿〉が神に挑んだのだ。ここから出て行けと――いや、ここで滅びろと――」

軟らかいものが潰れるような衝撃音が、彼を見つめていた通行人に悲鳴を上げさせた。易者だったものは、ひと山の肉と骨の塊りに化していたのである。

そこを曲がれば〈区役所〉の門前という角で、女の足は止まった。

細い路地の真ん中に秋せつらが立っていたのである。

一瞬、女の顔が別のものに変わり――すぐ元に戻った。

「牧ラジア」

と秋せつらは呼びかけた。

「バレてしまったわね。あなたの眼だけはくらませられないと思っていた」

再び本来の美貌に戻って、ラジアは微笑んだ。せつらにだけはこうなってしまうのだ。

「どうして、私が来ると？　偶然の出会いじゃないわよね？」

「昨夜、家の周りを」

「やっぱりバレてた」

ラジアの笑みが深くなった。せつらの妖糸は闇に潜みつつ彼女を縛したのだ。

「何しに〈区役所〉へ？」

「あら。〝ロンギヌス〟が目当てじゃないの？」

「依頼されていない。あなたを捜せとは受けている」

「なら、捕まえて依頼人へ突き出したら？」

「依頼は解消」

「あら。なら放っといて」

「バースディ・プレゼントが、まだ」

「？」

誕生祝いに、その生命を狙う者を捕らえるつもりなのか、せつらよ。

「邪魔をするなら、容赦《ようしゃ》は出来ないわよ」

「お互いに」

ラジアの顔を哀《かな》しげな色がかすめた。

それきり動かなくなった。

「失礼」

せつらは通りを渡ろうと前へ出た。

二歩目で、彼はラジアが右手を垂直にのばすのを見た。

跳びのくより早く、ふり下ろされた手の袖口から噴出した長槍は、真っすぐ彼の鳩尾《みぞおち》を貫いた。

第七章　〈魔界都市〉の横槍《よこやり》

1

「あなたの糸――〝ロンギヌス〟には効かないのよ」

ラジアの頰を光るものが伝わった。

「私もいつか、あなたと同じ所へ行けるかしら。でも、それまでに片づけなくちゃならないことが山積みね」

それに応じたのは、この会話だった。

「吸引ビーム収束――三〇〇メートル下方、直径三センチ八ミリ」

「――実行」

ラジアはせつらの方へ歩き出した。

その眼がかっと見開かれた。

せつらの身体は仰向《あおむ》けに横たわっていた。槍《やり》は当然、ほぼ垂直に天に挑んでいる。

それがいきなり引き抜かれたのだ。


ラジアがあらゆる判断を絶している間に、〝聖槍〟は凄《すさ》まじい勢いで空中に吸い上げられて、視界から消えた。

呆然《ぼうぜん》と立ち尽くすラジアの背に、強力な麻酔成分を1ccも詰めたカプセル・ダートが打ち込まれたのは次の瞬間だった。

槍の守護も失われたものか、ラジアは成《な》す術《すべ》もなくその場へ崩れ落ち、彼女が入って来た路地の端に立った黒背広のやくざが、にんまりと唇を歪《ゆが》めてから、

「運べ」

と背後の子分たちに指示を与えた。

ラジアを連れた男たちが立ち去った後、路地に横たわっているのは、鳩尾《みぞおち》からの大量出血が何ミリか身体を沈めつつあるせつらの死体だけであった。

鳩尾を刺されて死ぬなら出血多量であろう。彼はまだ呼吸を続け、その美貌《びぼう》は死に瀕《ひん》してさえも路地裏にかがやいた。

そして、ついにこと切れてから、ようやく発見した通行人は、死すら美しく塗りつぶす若者を見下ろし、いつまでも恍惚《こうこつ》と立ち尽くしているのであった。


眼醒《めざ》めると、ラジアは尻から犯されていた。責めているのは権藤であった。

「何者だ、おまえは？」

と訊《き》かれた。

「ただの〈区民〉や観光客じゃあるまい。どっかの組織の人間だろ？　廃墟《はいきょ》で外国人が四人死んでたという記事を読んだが、あれの関係者か」

「どうかしらね」

ラジアの声は無感動そのものであった。女性エージェントは、セックスによる籠絡《ろうらく》を防ぐため、快感を遮断する訓練を受けている。

「早く済ませたら」

「ミもフタも無《ね》え女だな。ここの具合は最高なのによ。ま、いい。すぐその気にさせてやるよ」

淫《みだ》らな動きと肉と肉の打ち合う響きが手を結んだ。

「あなた……憑《つ》かれてるわね」

「ほう、わかるかい。おまえのも、潤《うる》んで来たぜ。おれがどんな凄《すご》い男か教えてやろう——ほれ」

後ろから眼の前に突き出された槍が、ラジアを驚愕《きょうがく》させた。

「これは——」

「そうとも、〝無名兵士の槍〟よ。レプリカらしいが、むしろ力を備えてる。おれもスタミナ満タンだぜ」

ぐんと突入してきたそれの硬さと熱に、ラジアはついに呻《うめ》いた。

「……どこで、これを？」

「一昨日、ヘンな爺《じじ》いからな」

「爺い？」

「ああ。いきなり現われて、それを置いて出てった

——他にも子分はいたが、おれ以外見た者はねえ。おめえの知り合いか、え？」

突き上げた。ラジアは声もなくのけぞった。

「おれがおめえを見つけたのは、子分にせんべい屋を見張らせてたからさ。二〇メートルも離れて後を尾《つ》けるのは大変だったが、ようやくここまで来た。さて、と思ったら、おめえが出しゃ張って来たんだ」

「どうしてあの人を？」

「邪魔だと槍が言ったからよ。爺いは〈新宿〉がおれたちを外へ出さないようにすると言った。おれもそれは感じてた。その〈新宿〉代表が、秋せつらってわけだ。ところがおめえにあっさり殺られた上に、〝ロンギヌスの槍〟まで奪われちまった。おめえを捕まえたのは、情報を得るためさ。〝ロンギヌス〟をかすめ盗《と》ったのは何処《どこ》のどいつだ？」

「元気が無くなったわよ」

ラジアが嘲笑した。それから、

「——フロン一族」

と言った。

「何だ、そいつは？」

「ロンギヌスの血を引いてるって一族よ。石油だの海底採掘で、途方もない富を握ってる上、面白い道楽にふけってるらしいわよ」

「何だ、それは？」

「〝ロンギヌス〟のレプリカ」

「何い？」

「あら、また」

「う、うるせえ。そんなものこしらえて、どうしようってんだ？」

「あなただったら、どうする？」

ラジアが低く訊いた。

「そりゃあ、おめえ、決まってるさ——その」

「世界征服？」

「当たりめえだ」

「だったら、力を貸しなさいな」

「何い？」

「私に手を貸すのよ。そうしたら、おすそ分けしてあげる」

権藤は怒張が膨れ上がっていくのを感じた。怒りのせいであった。

「おれがおめえに力を貸す？　笑わせるな」

白い尻の肉に指をたてて、

「おめえがおれの言うなりになるんだ。まずはこのでけえ尻でおれを悦《よろこ》ばせてからな」

一気に奥まで。

凄まじい快楽に身をよじった――権藤の方が。

「こ、これは――おい、何しやがるんだ？」

「気に入った、お尻責め？　まだまだこれからよ」

「うおお……しごいて……締まって……や、やめろ」

「あーら、やめていいの？」

「――い、いや、やめるな、続けるんだ」

「続けて下さい、でしょ」

ラジアの声は勝ち誇っていた。

その腰と尻が妖しい動きを見せているのは、いつからか。性戯の虜《とりこ》になったのは、権藤の方であった。

「おまえに力を与えたのは、偽《いつわ》りの槍、私のは本物よ。結果は明らかね」

権藤はもう動いていなかった。ラジアの尻に合わせて快楽を貪る。

「フロンに奪われた〝ロンギヌス〟は必ず取り返すわ。私と槍がまだつながっている間に。そのために、あなたのレプリカ――使わせてもらうわね。さーいきなさい」

いかん、いくな、と胸の中で叫びつつ、権藤は放った。

発見されてから、三〇分としないうちに、

「美貌のマン・サーチャー殺害される」

の報は〈新宿〉を駆け巡った。

人ひとりの生命が失われることで広がる影響の渦は、本来ならば電気的情報に形を変えて、いわくツイッター、いわくフェイス・ブック、いわく――、とたちどころに〈魔界都市〉を席捲《せっけん》しなくてはならない。しかし、不思議とオフィシャルな部分での反応は無きに等しかった。せつらの死は、〈新宿TV〉の臨時ニュースにもならなかったのである。

あたかも、その死を認めてはならないと、全〈区民〉が考えたかのように。

鈴香は、梶原からこれを聞かされても信じられなかった。

午後の〈区長室〉は静まり返り、しかし、そこは確たる現実が支配中であった。

「確実な情報でしょうか?」

「間違いない。うちの情報課でも警察や病院を当たってみたが、死体を確認したそうだ。秋せつらは死んだ。夕方のテレビで流されるだろう」

海千山千の〈区長〉には珍しく、その面上には本物の悲哀の翳《かげ》があった。

だが、すぐにそれを消して、

「代わりを捜さなくてはならんな、君、伝手《つて》があるかね?」

「ございません」

ぴしりと言った。梶原は腕組みをして、

「それは困った。うーむ」

と嘆息して見せた。

「で、どうなさるのでしょうか?」

「君は、どの程度、秋氏と親しいのかね?」

「どういう意味でしょう?」

何言い出すのよ、この親爺《おやじ》は、と思った。

「寝た?」

「とんでもございませんっ!」

「ふーむ。すると、ガイドブック程度かね?」

「あれらは、せんべい店の主人としか記載されておりませんが。人捜し屋としてのあの方ならば、よくわかりません。成果が出ていないからです。ですが、実力はあると思います」

「そのとおりだ。能無しと思うかね？」

「いえ、とんでもございません！　私の見たところ、結果は出ておりませんが、実力は超一流かと」

「結果が出ないのにかね？」

「いえ、あの――仕事ぶりに関してです」

「ふむ、つまり、秋せつらという人間を、あまり詳しくは知らんと」

「――仰《おっしゃ》るとおりです」

「それにしては遠い目をしているねえ」

「そんなことはございませんっ！」

「ムキになるなよ。頬も赤いぞ」

「――失礼してよろしいでしょうかっ!?」

「はいはい」

片手を上げる梶原へ、一礼し、鈴香は憤然と部屋を出た。

――寝ただの何だの、もう。あのヒヒ親爺
秘書さえも声をかけられぬ怒りの中で、この世ならぬ美貌がかがやいていた。

ハッピー・バースディ
その声の主が二度と帰らないと知ったとき、鈴香は廊下で崩れ落ちた。


〈新宿〉の上空五〇〇メートルに、「アメリカン・ホーム」と「フロン精機」が開発した空中住宅が滞空していた。地球の自転に合わせたその動きには、万分の一秒、万分の一ミリの誤差もなく、巨大なホテルほどの住居は、常に〈魔界都市〉を見下ろしているのだった。

その一室で、フロンは一大財閥の主人とも思えぬ凶々《まがまが》しく、そのくせどこか怯《おび》えたような表情で、ガラス・ケースの中にそびえる〝ロンギヌスの槍〟を見つめていた。

ついに手に入った――〈新宿区役所〉に近い路地から吸引ビームで吸い上げたそれを眼の前にした刹

那に、そう思った。

——後は早々に母国へ引き上げるだけだ
空中住宅には、それだけの燃料の用意があった。

その思いは運ばれた槍を摑んだ瞬間に吹きとんだ。恐怖が全身を包んだのだ。それは、恐怖という感情をさして経験することもなく過ごして来たフロンが、こう断言してはばからぬものであった。

この世の中に、こんな凄まじい恐怖があるはずはない、と。

彼は失神することもなくそれを骨の髄まで味わった。

——これは呪いか!? 聖なるものを刺し貫いた負債——ロンギヌスへの呪いが、末裔《まつえい》たる自分にまで尾を引いているのか!?

彼は槍を放り出して、叫んだ。

「家を祖国へ向けろ」

六基のイオン・エンジンが火を噴き、住宅は方向を転じた。飛行経路に当たる国々には、すべて届け出を出し、許可を貰《もら》っている。その道行きを阻止するものは、何もないはずであった。

数秒後、彼は叫んだ。

「どうした!?」

操縦席から、

「エンジン停止」

の報がやって来たのである。

2

「なにィ!?」

この叫びをフロンは上げる権利があった。空中住宅は、フロン・コングロマリットが総力を上げて造り出した成果だったからだ。

「スイッチひとつで宇宙空間《アウター・スペース》仕様にすれば、月までの往復は保証します」

と製作のトップは言明した。それが今——。

「原因は何だ?」

「不明です。あり得ない事故です」

操縦室からの声も悲鳴に近かった。

「脱出ポッドにお入り下さい！　激突まで一〇秒を切ります！」

フロンの全身にかかる重力の力と方向がこの言葉を裏付けていた。

ポッドは全室全廊下に装備されている。

走り出そうとして、フロンは立ち止まった。彼は向きを変え、ガラス・ケースの方へ歩み寄った。

「あと一〇秒――いや、待てよ」

操縦室からの声に驚きと困惑が混じった。

「このままで行くと――〈亀裂〉に――しかも、誘導しているのは、我々ではないぞ!?」

巨大な空中住宅が〈亀裂〉へ呑《の》みこまれていく光景は、後に〈区内〉在住の画家の手によって、P二〇〇号の大作に仕上げられ、国立美術館に買い上げられることになる。


二〇分後には救助隊が駆けつけたものの、空中住宅はついに発見できず終《じま》いだった。

不思議だ、不可解だと騒ぐ新米になど誰も眼もくれず、

「ま、仕様がねえ」

「よくあること」

で捜索は打ち切られたが、これは数日後の話であった。

「いよいよ、新しい局面を迎えるか」

こうつぶやくと、白髪の老人は、かたわらの若者へ、ある住所を指示した。

鈴香は〈新宿駅〉西口のバス・ターミナルで下車し、〈十二社〉の方へと歩き出した。

「秋せんべい店」の看板が見えて来た。青から闇に変わる時刻だった。街灯はひとつも点《つ》いていない。盗まれたか壊されたかだ。

営業時間を終えたのか、シャッターを下ろした店の前に立つと昨日の六畳間の光景が甦《よみがえ》った。

それは二度と訪れない。

涙が溢《あふ》れて来た。拭って引き返しはじめた。

一〇メートルほど進んだところで〈駅〉の方からやって来た、これはまた珍しい乗用車とすれ違った。スバル360。五〇年以上前の小型国産車だ。オークションに出せば軽く五〇〇万は超えるコレクター・アイテムである。

すぐに止まり、向きを変えて追いかけて来る。

鈴香はポケットに収めたサングラスの代わりに、〈区役所〉のデスクから持って来た左手の薬指に嵌《は》めた指輪型麻痺銃《リング・タイプ・パラライザー》の安全装置を外した。発売当時、安全装置《セフティ》がなかったため誤発射が多く、路上の通行人や職場の同僚を次々に射ち倒す事故が続発したという噂《うわさ》を思い出し、ふとおかしくなった。出力も最大に上げる。今夜の悪党《ワル》は運が悪いのだ。

「乗ってかない?」

流暢《りゅうちょう》な日本語だが、外国人だ。

「ノー・サンキュー」

歯を剝いて先を急いだ。

「『秋せんべい』ってバー、知ってる?」

「え?」

ふり向いた。白い顔の中で青い眼が笑っている。金髪で、しかもハンサムだ。せつらを見ていなければ、くらくら来たかもしれない。

「いや、ボク観光客でね。ガイドブックにも載ってるせんべいを買って、ついでに主人の顔も見てやろうと思って来たんだけど、休みでね」

「そうね」

「あなたも、おせんべい買いに来たの?」

「——そうね」

半分は当たっている。この返事でいいだろうと思った。

「なら、そのバー面白いよ。ボクも初めて。一緒に行きましょう」

悪くない誘い方だった。おかしなことも企んでいそうにない。何より気分が少し軽くなった。

「いいわ」

返した声も少し弾んでいた。


その名のバーは、確かに〈歌舞伎町〉にあった。若者の名前はビル・ハーベイで、イギリス人だという。

鈴香は山本公子《やまもときみこ》と名乗った。全面的に信頼するわけにはいかない。人間《ひと》の皮を被《かぶ》った狼ということわざがあるが、この街では実例に事欠かない。

ガイドブックに載っているというくらいだから、年期が入っているのかと思ったが、そうでもなさそうだ。指摘すると、ビルは闇のガイドブックね、と笑った。〈新宿〉は、世界一情報ガイドの数が多い場所で、〈区〉発行、及び民間に許可したものの他、無許可、裏ガイドの類が後を絶たない。若い連中はむしろ、危険な場所や、マニア向けと呼ばれる厄介な店とかを知りたがるものだ。

店には幾つもの額や写真が飾られ、どれにも、

「〈新・伊勢丹《いせたん》〉前にて」

「〈大京町《だいきょうちょう》〉の住宅街にて」

「〈新大久保駅〉前・第一次市街戦の現場にて」

とかの解説がついているが写真はみなピンボケだ。

不思議そうなビルに、

「なぜ、こうなのかわかる?」

「いえ、全然」

「あまりいい男すぎて、カメラマンとカメラが、ピントを外しちゃうのよ」

「でも、オートフォーカスじゃないですか? ピントだけ合わせれば」

「カメラもって言ったでしょ」

ビルは眼を剝《む》き、しかし、すぐに納得した。

「しかし、これでは詐欺ではないですか?」

「〈区外〉ならね。でも、ここじゃあ、お客さんら

はみんな見えるのよ、〈新宿〉一美しい人捜し屋さんが」

「…………」

「早く見えるようになることね。そしたら立派な〈区民〉だわ」

「努力します」

　そう胸を張ってから、

「何だか、寂しそうですね」

「寂しくないわ。哀《かな》しいの」

「どう違うんですか？」

「ひとりでいるのが寂しい。二人のはずがひとりになってしまったのが哀しい」

「よくわかりません」

「いいわよ。出ましょう」

「え？　気分悪いですか？」

「少しね」

　鈴香はうなずいた。

「『LEAVE ME ALONE』か。さっきは『CAN'T LET YOU GO』。こんな甘い曲の似合う男じゃないわ」

「何なら合います」

「『MASQUARADE』ね」

「あれ甘くないですか？」

「うるさいわね、外国人観光客」

「おお」

　と頭を抱えるのへ、

「ごめんなさい。こんなつもりじゃなかったのよ。お詫《わ》びにもう一軒付き合ってあげる。私の奢《おご》り」

「グー」

　ビルは右親指を立てた。


　次の店は「ろくでもない」という看板がぶら下がっていた。

　ごく普通のバーである。どちらも水割りを頼んだ。

「どうしてここを？」

「別に。名前が気に入っただけよ」

「ボクのお祖父《じい》さんみたいですね」

「へえ、そんなにヒヒ爺いなの？」

「は？」

「何でも。イギリスにいるの？」

「いえ、実は〈新宿〉で商売してます。その伝手《つて》で来日しました」

「あら、どなた？」

「それは――」

ビルの返事を、手から滑ったグラスが止めさせた。

「おかしいぞ――」

彼がテーブルに顔をぶつけたときには、鈴香はもう眠りこけていた。


自然に眼が醒めた。

地下室らしかった。広い空間の壁際にビール・ケースやおつまみと書かれた段ボールが積まれていた。

隣りを見た。ビルは、まだ眠っている。二人ともロープで椅子に縛りつけられていた。足も拘束されている。手も足も出ない。

ビルの名を呼んだ途端、右奥のドアが開いて、五人の男が入って来た。

ひとりは権藤、左手に長槍を握っている。後の四人は子分だろう。みな、この商売以外は出来っこないという凶相であった。

うち二人に見覚えがあった。

〈区役所〉の駐車場から鈴香を拉致して、レイプしかけた連中である。

「おれらははじめてだよな、別嬪《べっぴん》さん」

権藤が笑いかけた。

「うちの若いのが二人も世話になったそうだ。礼を言うぜ」

「どういたしまして」

「しかし、まさか、おれの経営してる店へ来るとはな、驚いた。縁があるんだな」

「何の用？」

睨《にら》みつけたが権藤はニヤニヤ笑いを消さず、

「あんたが持ってる聖なる品が欲しいんだな」

「そんなものありません。身体検査してみたらいいわ」

「しなくてもわかるのさ。この二人にはとんと見当もつかなかったが、おれには良くわかる。今着いたばかりなもんで、手はつけていねえがな。まずは、上衣だ」

例の二人をふり向いて、

「そっとお脱《ぬ》がせしな。それくらいは役に立てよな、能無しども。おまえは——パンティだ」

またニヤリと笑った。

「やめて！　変なことしたら、またみんなお寝《やす》みなさいよ」

「そこだ。おれもこいつらから聞いて、色々考えてみたんだ。あんたを守ったのは、どう見てもその上衣だ。前後を考えると、あんたの危機一発だと感じたときにのみ働いてくれるらしい。なんせ、二度も睡眠薬に引っかかったんだからな——早くしろ」

男たちが近づき、ひとりが小さなカプセルを取り出して、鈴香の鼻先で割った。酩酊《めいてい》感が全身を弛緩《しかん》させた。

素早く上衣が脱がされ、パンティも外された。

「しかし、神さまもユーモアがわかるのかね、てめえの大事な衣裳《いしょう》を女の下着とはな」

ひとりが権藤にパンティを渡した。

その瞬間——彼は高圧電流にひと打ちされたかのごとく、彼方へ吹っとび、五メートルも向こうの壁に激突した。

並みの人間なら重傷のはずが、難なく起き上がったのは、レプリカといえども、手にした〝無名兵士の槍〟の力か。

それでも少しはこたえたらしく、首と腰を揉《も》みほぐしながら、

「訳がわからねえ——こともねえか。〝無名兵士の槍〟と、それで刺された神さまの衣裳——ま、仲は良くねえやな」

おい、そこへ置いとけ、と壁際の椅子を指し、

「いま焼き捨ててくれる。となると、この二人にゃもう用はねえわけだ。女の方ははっきりと邪魔者だ。聖衣のパワーを身につけてるかもしれんからな。いいボディだが、ここで余計な真似をすると危ない。おい、始末しちまえ」

と命じて、ドアへと向かう。

四人が揃って拳銃を抜いた。米軍用制式拳銃M17——SIG・P320スペシャルだ。

無表情に二人に狙いをつける。一度ずつ引金を引けば、二つの生命など訳なくあの世行きだ。

権藤が足を止めてふり向いた。

銃声がしないからだ。代わりに床の上で、重いものがぶつかる音と硬い打撃音が鳴った。

四人の凶漢たちは、手首から鮮やかに切断された右手と、床の拳銃を見比べていた。拳銃は右手に握られたままである。

「なんだ、こりゃ?」

権藤がつぶやき、子分どもが悲鳴を上げたとき、ドアがぎいと開いた。

そこに立つ美しい若者を、権藤は何もかも忘れて見つめた。

「どーも」

と彼は言った。

秋せつらであった。

3

咄嗟《とっさ》に権藤は槍を奮った——つもりだった。

妙に軽い、と意識したのは、何とかせつらのイメージを薄めてからだ。

肩はない。

世にも鮮やかな切り口から、滔々《とうとう》と血潮を降り撒《ま》

きながら、彼の左腕は肩のつけ根から床に落ちていた。

だが――

権藤はまた笑った。

彼は身を屈《かが》め、右手で左腕を槍ごと掴み上げた。顔面蒼白《そうはく》の状態で、二つの切り口を付着させた。

手を離すと腕はつながっていた。

「レプリカでも、大したパワーだろ。おめえの武器なんざ目じゃねえぜ」

「うーむ」

とせつらはお仕着せみたいな声を上げた。案外、苦悩しているのかもしれない。

「ところで、二つ教えてくれや。〝ロンギヌスの槍〟に刺されたのは、ありゃ誰だ?」

「ダミー」

「ははあん、ドクター・メフィストが、避暑に行くとき身替わりに置いてくってあれか。いや良く出来てやがる。お蔭《かげ》ですっかり騙《だま》されたぜ。もうひとつ――死んだふりして何をやらかしてたんだ? 身を隠してたってわけじゃねえだろ?」

「特訓」

権藤が、思わず眼を細めたのは、この茫洋たる答えに、何やら底知れない不気味さを感じたからだ。

「何だ、そりゃ?」

訊かずにはいられなかった。

せつらは答えず、わずかに首を傾《かし》げた。

「しかし、成果はいまだ――」

「出る前に始末してやるぜ。くたばれ!」

ぶん、と風を切る槍柄から、せつらは大きく右へ跳んだ。

素早く投擲《とうてき》の構えを取った権藤の両膝が裂けた。膝から下だけ残して前のめりに倒れた彼の両腕も肘から断たれて転がった。

「貴様」

呻いた口から、どっと鮮血が溢れて床にとび散った。少し遅れて首も落ちた。

「八つ裂き」

とせつらは言った。

「——けどね」

彼は血の海と化した床を軽々と跳び越えて、鈴香とビルの前に立った。

ロープを切断し、二人とも宙に浮かせて肩へ乗せたのは、無論妖糸の為《な》せる業《わざ》だが、肩に落としてぐらついたのは、いつものせつららしくもない。特訓とやらのせいかもしれなかった。

鈴香の上衣とパンティを摑んでドアの前まで来たとき、彼はふとふり返った。

権藤の胴体へと四肢が転がっていくではないか。まず両膝から先が粘着した。何とかバランスを取って上体が起き上がる。

ひょいと両肘が戻った。

腕が生首へのびたとき、せつらはドアを抜けた。

狭い廊下の左側に階段があった。

三人は宙を飛んだ。


コンクリートの壁を貫いて飛来した槍は、せつらの左腹から入って右肺を貫き、向こうまで抜けた。

世界が揺れた。震度四は下らぬ大地の奔騰《ほんとう》であった。

鮮血を吐きつつ、せつらは落下した。

槍は自然に抜けた。

見えない糸にもたれて立ち上がり、階段へと向かう背後に、ドアから権藤が現われた。

「逃げろ逃げろ。何処へ隠れてもぶち抜いてやるぜ」

なおも震える石の通路まで権藤は哄笑《こうしょう》を放った。

現に彼は二度目の投擲を行なわなかった。

せつらたちが階段を上昇し、少し経《た》ってからレプリカを放った。

それは天井を抜けて上階のバーから外へ脱出していたせつらの右胸を後ろから貫通してのけた。

すでに左肺は重傷を負っている。その気になれば心臓を射抜くことも出来たであろうに、権藤が肺を傷つけたのは、即死に至らず長引く苦痛を与えたいという邪念によるものであった。

倒れたせつらが一〇メートルも這い進まぬうちに、彼はやって来た。

店の入口で狙いを定めた。地面は揺れ続けている。

「あばよ、色男——一回抱いてみたかったぜ」

引かれた槍が、その手を離れようとしたとき、通りの横から人影が現われ、彼の視界を遮った。

権藤は眼を剝いた。投擲を止めることも出来たが、構わず投げた。前の三人もろとも邪魔者も——だが、その影が両手をぴたりと合わせて、長槍の穂をはさみ止めた瞬間、凄まじい恐怖が不死身と化した男に牙をたてた。

槍は反転し、彼に向かって飛んだ。それを見ながら、権藤はどうすることも出来なかった。

彼へ不死の生命を与えた聖槍のレプリカは、その喉を突き貫いて、逃れようのない死を与えたのであった。

震えが止まった。

権藤の唇が動いた。何故《なぜ》だと。

しかし、吹っとんで戸口にぶつかったやくざは、地面に倒れる前に、服を来た腐乱死体と化していた。

「やったわい」

と人影はつぶやいた。さして難事でもなかったような口ぶりであった。白髪の老人であった。彼は槍を摑んだ。その指の間から槍は抜け出した。腐乱死体のかたわらに落ちているそれを、床から現われた女の手が奪い取ったのだ。私のものよ、という風に。そして、ともに床に吸い込まれた。

「あの女か。いや、凄まじい執念じゃ」

老人は嘆息した。

やがて体は外へ出た。両肩には鈴香とビルが乗っている。せつらの死骸は——置き去りだ。

周囲に立ちすくむ通行人に向かって、

「しかし、ひとり殺すより、二人運ぶ方がよっぽど厄介だ。バイト代を弾む。誰か手伝ってくれんかね？」

驚いたことに、二人が進み出た。どちらもホームレスであった。

「これとこれを頼む。そっちの色男は——もう手遅れだ」

裏の通りに止めてあったビルの「スバル」に二人を放りこんでから、人影はホームレスに報酬を支払ってハンドルを握った。

「レプリカを渡してやったのは、昔のわしに似ていたからだ。ひょっとしたら、〝ロンギヌスの槍〟にも打ち勝てるかと思うたが、愚かな。分不相応な望みに取り憑かれた罰は与えた。だが、こうなると誰がいいあれを斃《たお》す？」

白髪の老人のつぶやきとも呪詛《じゅそ》とも取れる声を乗せて、車は走り出した。


この二日ばかり、院長の顔色がすぐれぬことに、総合婦長は気づいていた。

そして、ついにその夜、回診を終えたばかりの院長に、

「どうかなさいましたか？」

と訊いた。

医術に関しては外《ほか》の答えなど得られぬのは承知の上である。

訊かずにはいられなかったのは、どう考えてもこの白い院長が、病院業務以外に身を灼《や》いているとしか思えなかったからだ。

医院としての日常に変化はない。だが、時折りふっと姿を消し、それきり戻って来ないのでは？——そう思わせる幽明境の影のようなものが、この白い医師には付きまとっていた。

彼は病院の何処で、何をしているのか？

「訓練だ」

とドクター・メフィストは答えた。

「〈新宿〉が〝神の槍〟に勝つためのな」

闇に開かれた窓外の、しかし、その闇の濃密さを歯牙にもかけずにかがやき狂う紅灯《こうとう》の巷《ちまた》を眼に収めながら、梶原は、

「そろそろか。決着をつけるときは」

と、吐くように言った。

「〝ロンギヌスの槍〟は何処だ？　〝無名兵士の槍〟は何処へ行った？　それを待っている私とは愚か者か？」

そこへ秘書から来訪者が告げられた。

入って来た白髪の老人へ、彼は非難の眼を向けた。

「私はあなたの意を汲《く》んで今回の一件の対処に当たりました。何が起きても、直属の情報課員を使わなかったのは、荒だてるなとのあなたの言葉があったからです。しかし、事態は最悪の方向へ進んでいるとしか思えない。〝ロンギヌスの槍〟は、目撃者によれば虚空高くに消え、それを積んだ空中住宅は〈亀裂〉内へ墜落したきり、かけらさえ見つからない。そして、〈区外〉への極秘ルートは、まだ発見されておらん。もしもフロンが〝ロンギヌス〟を持てば、レプリカを含め、彼は二本の〝聖槍〟を手にすることになる。その結果がどうなるかは明らかだ。正直に申し上げれば、世界の王に誰がなろうと構わん。〈新宿〉は常に山脈中の独立峰であり続けるからだ。だが、〈新宿〉は何故か彼らが外へ出ることを快く思ってはおらん。あくまでも〈区内〉で処分しようと決めておるのかもしれぬ。或《あ》るいは、世界の覇者は自分だと決意したようだ。それとも、真の〈新宿〉の覇者を、〝聖槍〟と争わせることで選出しようとしているのかもしれん。権藤もフロンも、極秘の輸送ルートを辿ろうとしないのがその証拠だ。あの道が開けるときが、〈新宿〉と世界の命運が決するときかもしれん。では、二本の槍と戦うのは誰だ？　あなたならご存知だろう」

老人は薄い笑いで、弾劾《だんがい》とさえ言える〈区長〉の言葉を迎え討った。

「わしには何も。わかるのは、長く生き過ぎたということだけだ。だが、この件はじきに決着がつく。どんな決着かは知らんがな。それより、〈区長〉――我が家への宅配五年間無料サービス、忘れるなよ」


「二本手に入った。〝無名戦士の槍〟のみは残念だが、諦めた方が良さそうだな、マクテ」

話しかけられた相手は、身体の造作が中心線から左右ズレている切主頭《キリスト》であった。たくましい腕で左右の手に握られた長槍を眺めている。マクテであった。

「だが、この二本があれば、世界征覇は私のものだ。後で〝無名兵士の槍〟を持つ男が現われても、二対一ならばヒケは取るまい」

じろりと周囲を見廻《みまわ》して、

「私の勘に狂いがなければ、〈区外〉へのルートはこの近くにある。ただし、見つけたとして、この街が素直に帰してくれるとは思えぬがな」

フロン一族の主人は、薄明かりに照らされた一角をまた見廻し、溜息《ためいき》をひとつついた。

それに応じるかのように、四方が揺れた。

第八章　我が槍こそ我が生命

1

鈴香は帳場に坐《すわ》っていた。救い出してくれた老人に頼まれたのである。権藤から与えられた睡眠薬の効果はすでに切れていた。

しかし、古道具屋とはこんなに暇なものかと、鈴香は妙なところで舌を巻いた。

上衣も下着も身につけている。これで安全とはいえないが、少なくとも数少ない客どもが突然凶悪犯か妖物に化ける可能性はあるまい。

ひどく平和な気持ちが生じていた。

古道具屋独特の匂いと黙々と本を捜す数少ない客たちといるうちに、鈴香は何度も白河夜舟《しらかわよふね》に陥った。

ビルは奥で眠っているはずだ。老人は出て行ってから三時間以上になる。午後九時――営業時間は十一時までだ。レジもそのままで何て無謀な。

九時半を廻った頃、車が一台、店の横にある駐車場へ乗りつけて来た。

じきに老人と――もうひとりが店へ入って来るのを見て、鈴香は眼を見張った。

「――秋さん!?」

生きていたのか？　いや、彼が自分とビルを助けようと苦慮した挙句、権藤の手にかかったのは、麻酔で朦朧《もうろう》状態にあった自分でも、何とか覚えている。彼は確かに死んだ。

それが生きている。

「もうひとつ、ダミー」

せつらが、ぼんやりと告げた。老人が引き取って、

「まだ特訓とやらの途中だったが、ドクター・メフィストに話をつけて連れて来た。そろそろハルマゲドン・タイムなのでな」

鈴香は恐怖で凍りついた。

「あなたは一体、何者なの？」

荒唐無稽《こうとうむけい》なたわごとを、こんなにリアルに実感させる老人なんて、そういるものではなかった。何にせよ只者《ただもの》ではない。いくら助けてもらったからと言って、鈴香が店番などこなしているのが、その証拠だ。

「代々古道具屋だ。代々な」

彼はせつらをふり返って、あっちだ、と言った。

知り合いらしい。

「どーも」

とせつらは礼を言ってから、鈴香の方を見て、奥のドアへ消えた。

鈴香も追った。

せつらは刀槍が並ぶ一角で、一本の長槍を手に取ったところだった。

ひどく古びた槍で、柄も傷だらけ、槍穂も錆《さび》だらけだ。同じ状態の刀のことを赤鰯《いわし》と言うが、槍は何と呼べばいいのだろうか。

「これか」

不意なひとことに、え？ と反応してしまった。ぐい、と眼の前に突き出された。せつらにしては珍しい積極さである。

「これが何か？」

訊いてから愕然となった。せつらの台詞《せりふ》はその後だ。

「〝無名兵士の槍〟だ。ここで何百回も手に取っていたのに」

老人が入って来た。

二人と一本を見て、

「やっとわかったらしいの。それこそ〝無名兵士の槍〟だ。この世界で〝ロンギヌス〟に対抗できる唯一の古道具さ」

「これを持つとどうなる？」

とせつら。

「今のところ、〝無名兵士の槍〟については何の迷信も伝承もないの。もうひとり、イエスを刺した兵がいて、そいつの槍には何故《なぜ》か血がつかなかった。

つまり〝聖槍〟とは呼べないんです。だからこそ、〝ロンギヌス〟と互角に戦えるの」

「持ってもおかしくならない?」

「それは――持ってみなければ。どうですか?」

「別に」

「効果はすぐには出んよ」

嗄《しわが》れた声が言った。

「少なくとも一時間――わしの見たところ、そうだった」

少し間を置いて、鈴香が眼を丸くした。

「わしが見たところって――じゃ、じゃあ」

突然、静謐《せいひつ》という名の魔力が世界を支配した。全員がそれを味わったところで、老人が、

「そうだ、わしがイエス・キリストを刺したもうひとり――無名兵士だとも」

「しょ、証拠はあるんですか?」

鈴香の声は小さい。

「そうさな」


老人は二人を伴って小部屋を出た。帳場へ行って、小引出しからカッターを取り出し、刃を押し出すと、

「ほれ」

と言うなり手首に切りつけた。

刃が半ばまで食いこんだ傷口から鮮血がこぼれた。そして、たちまち塞がった。

小引出しの上のティッシュで血を拭き取り、彼はせつらの手にした槍の穂先に右の人差し指を当てて少し動かした。

「痛てて」

と指の腹を見せた。

血が盛り上がり、傷口は消えなかった。傷の上にティッシュを当てて、

「わしを傷つけられるのは、この槍だけだ」

と言った。

「思えば聖者を突いた槍のみがこの身を滅ぼせる。分に過ぎると恐怖すべきか、或いは身に余る光栄と

誇ったものか」

「じゃあ——ゴルゴダの丘から、ずうっとこの世界に？」

「そうなるな」

老人は苦笑としかいえない表情を浮かべた。

「聖者の呪いでしょうか？」

「聖者は祟《たた》るまい。神ならば別だ。〝エホバ〟は妬《ねた》みの神なればか——わしの生を決めたのは、はたしてどっちか。まともに生きるとなると、長さとは結構辛いものがある」

「死のうとは思わなかったのですか？」

槍で刺せば、と思った。老人は自嘲するように、

「何とか生きていると、多少苦しくても死ぬのが勿《もっ》体《たい》なくなるのさ。どんなに退屈でも苦しい目に遇《あ》っても、知らない世界へ行くよりはマシだってな。死んだ方がマシだって思わずに済んだせいもあるがな」

「〝ロンギヌスの槍〟を滅ぼすにはどうすればいいんです？」

「戦うしかない。だが、槍の力が互角なら、後は使う奴《やっ》次第で。わしは、この色男が最高だと思った。わしがこの槍を操るよりも、な。だから、あの莫迦《ばか》〈区長〉とドクター・メフィストに相談して、彼に特訓を課すことに決めた」

「〈区長〉にドクター——みんなグルだったのね」

「〈区長〉には色々とアドバイスをしてやったよ。だが、ドクター・メフィストは、特訓をのみ依頼した」

「受けてくれたんですか？」

「彼のためだと言ったら、何も聞かんですぐにな」

特訓の内容を知りたかったが、そればかりは訊くのが怖かった。何よりも、この老人はドクター・メフィストともツーカーなのか。

「正直、愚者を支配者に選び、この世界が滅びてしまえと思わなくもない。だが、〈新宿〉はそれを許すまいなあ」

「それが本当なら、フロンの一味も足止めを食っているはずですよね」

「そうなるな」

「居場所はわからないのですか？」

「ふむ。それがなあ。だが、〝ロンギヌス〟の持ち主は必ず〈新宿〉を出ようと努めるはずだ。その動きを待つ他はあるまい」

「どうして〈新宿〉で決起しないの？」

「〈新宿〉が許さんからだ。この街の王者は街自身だ。それに異を唱える者は滅ぼさずにはいられぬのだ」

　鈴香はせつらの方を向いた。サングラスを通しても、美しい夢幻の男がそこにいた。

「どうして、この人にこの槍を？」

「自分がどちらの人間かわからなくなったのだ」

　老人の顔がはじめて苦渋に歪んだ。

「ずっと私は〝無名兵士の槍〟にかしずいて来た。〝ロンギヌス〟が動き出さなければ、そのままでいただろう。それが永劫《えいごう》ならば永劫に。だが、いまは〝ロンギヌス〟を斃さねばならぬ。奴の遣い手は、わしより遥かに若く強い。今まで数度戦い、すべて引き分けて来た。だが、これはわしが不老不死であったことが大きい」

「だったら——せつらさんじゃ」

　鈴香の悲痛な声は、すぐ怒りに変わった。老人を睨みつけ、せつらに、行っては駄目と叫んだ。

「不老不死の相手と戦うなんて無茶よ。絶対に行っては駄目。他の人が行けば——」

　言いかけてやめた。

「そうはいかん。彼は選ばれたのだ、〈魔界都市〝新宿〟〉にな。わしがどちらに属するかわからなくなったと言ったのを思い出せ。この街の力は、イエスを刺した槍に匹敵する。わしが迷ったのは、その力——延《ひ》いては、この街に魅了されたからだ」

「凄いわね。イエス・キリストに匹敵する力だなんて」

「彼はその代表だ。〝無名兵士の槍〟には〈新宿〉の力も宿っておる。だが――」

「――だが、何です？」

「勝てるとは限らん。わしなら敗れても復活するが、彼は生命を失うだろう」

「それがいちばん心配なんです」

鈴香は地団駄を踏みたくなった。

「行っては駄目」

また繰り返した。空《むな》しいなどとは思わなかった。何が何でもこの男《ひと》を危険な目に遇わせるわけにはいかない。

「〈新宿〉は関係ない」

と渦中の若者は言った。

鈴香よりも老人が眼を剝いた。

「何と――」

「〝ロンギヌスの槍〟を探せと依頼を受けた。仕事だ。まだ終わっていない」

「でも、でも」

「じゃあ、なぜ特訓を？」

と老人がつぶれたような声を出した。

「仕事をしやすくするための手段――それだけ」

「世界とこの街の迎えている危機を、君は無視するのか？」

「そういう依頼は受けていない」

「では、その槍は？」

「お預かり」

せつらは、ちゃっかりと言った。

「仕事を完了するための一環」

「持ち歩きには不便な品だぞ」

「まあ何とか」

「しかし、敵は何処《どこ》におる？」

老人は首を傾《かし》げた。

「多分」

せつらである。

「おお！　わかるのかね？」

「論理的推理能力」

とせつらは、ぼそぼそと言った。

「ポー、チェスタトン、ドイルに、クイーン」

「クリスティが抜けてるわよ」

鈴香が低く言った。

「で——何処だね？」

老人がせかすように訊いた。

「部屋へ入って、出てこなかったら、いるのは部屋」

沈黙が凍りついた。

鈴香が宙を仰いだ。

「——〈亀裂〉の中ですね！」

「そ」

「でも、何も見つからなかったって」

「〈区民〉？」

鈴香は、はっとした。

「そうだわ。何が起きても不思議じゃないのが、こ、こよね」

「では」

「これから行くんですか!?」

鈴香は立ちすくんだ。

「ま、何とか」

「そうあわてずに」

と老人も言った。

「お茶でも淹《い》れよう。おい、イシャール」

と奥へ声をかけた。

「はい」

と顔を出した男を見て、鈴香は驚いた。ビルではないか。にやりと笑って、イギリス人は顔をひと撫でした。見覚えのあるアラブ系の顔が現われた。

「あんたの護衛役につけたのだよ」

「どーも」

とイシャールは日本語で言った。

「お茶を」

老人の言葉に、

「結構」

こう言って、せつらは戸口へと向かった。

「私も行きます」

鈴香が後を追おうとして、その場に硬直した。見えない糸の仕業であった。

「それじゃ」

せつらがふり向いて片手を上げた。

「おお」

と老人がこれも片手を上げ、鈴香の眼から涙が顔を伝わった。

外へ出ると、せつらは軽く地を蹴った。

黒いコート姿が、ふわりと宙に浮くや、地上一〇メートルほどで、その身を虚空へと躍らせた。

大地が震動したのは、これと同時であった。

2

夜の〈靖国通り〉を悲鳴が走った。

長槍を手にした人影が〈四谷〉方面へと疾走していくのだ。

髪をふり乱した女であった。

美貌といえただろう。ただし、その口が三日月形に裂け、両眼ともども赤光《しゃっこう》を吐いていなければ。

信じ難い速度で、巡航速度のタクシーや乗用車を片端から追い抜いて行く。

青信号と見るや、ひと足地を蹴って、向こう側へ跳躍し、風を巻いて闇へ消えた。

たちまち刺激された若者たちのバイクや改造車の群れが追撃を開始した。

みるみる女の両側を確保するや、

「乗ってかねーか?」

と挑発する。

女がふり向いた。

その形相に、若者たちは震え上がった。

ブレーキをかける前に、逃れようとハンドルを切って、本線を跳び出し、対向車と激突した。バイクと乗用車が宙に舞って路上を転がり、次々と二次三次の衝突を繰り返す。

た。

〈市谷《いちがや》〉近くでパトカーのサイレンが近づいて来た。

その音が一〇メートルまで近づいたとき、女は長槍で道路を叩いた。

アスファルトが蛇のごとくくねった。

跳ねとばされたパトカーは思い思いの方向へ突進し、他の車やビルの壁に激突した。炎が上がった。

言うまでもない、女は牧ラジアであった。

その先に目的地があるとは限らぬ〈魔界都市〉の夜を何処《どこ》へ行く。

〈四谷駅〉まで五〇メートルという地点で、ラジアの周囲に光輪が生まれた。

上空に迫るローター音は警察ヘリのものである。

「止まれ」

の警告をラジアは無視した。

レーザー砲のビームがその心臓を正確に貫《つらぬ》いた。

後ろ向きに長槍を振った。

ビームはすべて反転し、ヘリ自身を貫き炎上させた。それは〈靖国通り〉の真ん中に落下し、それから丸一時間、交通を遮断《しゃだん》することになった。

ラジアの前方に〈亀裂〉が迫って来た。背後にヘリの炎を結像させながら、ラジアは一〇メートル超を易々《やすやす》と越えて黒い奈落へ吸いこまれた。

〈亀裂〉の〈新宿〉側の地層内に、おびただしい超古代の遺跡が存在することは周知の事実だが、その年代設定はひとつとして確実なものがない。〈新宿〉の地下に広がる失われた文明の痕跡は、すべて「失われた環《ミッシング・リンク》」に該当《がいとう》するのである。このため世界中の考古学、地質学、生物学の碩学《せきがく》が、地下数千メートルを訪れ、〈区〉はその全員から法外な調査料金を徴収したため、当時の〈区長〉は〝足下《あしもと》〟という綽名《あだな》がつけられたほどである。

その中のひとつ――〈第九九号遺跡〉に、いま炎の影がゆれていた。いや、耳を澄ませば遠く鳥の声も。

エレベーターを下りて〈遺跡〉に入ると、その右奥に異様に広い空間がある。周囲はただの石壁だが、それも見えないくらい広い。ひょっとしたら上物《うわもの》――〈新宿〉に匹敵《ひってき》するのではないかと言われるくらいの規模だ。手前のスペースからそちらへ移動する戸口に、薪《まき》が積まれ、それが炎の原因《もと》であった。

いま、そこからの風が砂の匂《にお》いを運んで来た。いつ、誰が運びこんだのか、砂漠のように乾いた砂が一面に敷き詰められて、その彼方《かなた》に丘らしい隆起が見える。

見えるどころか、丘の頂《いただき》には十字架が一本そびえていた。ミニチュアではない。フルスケールの、太い角材を組み合わせたものだ。

無論そこに磔刑《たっけい》に付されたイエスの姿はない。だが、夜の地底だというのに、肉眼では見えぬ天井の高みからは陽光が燦々《さんさん》と差し込み、屍《しかばね》をついばまんと目を光らせた鴉《からす》の群れが舞っている。

丘の麓《ふもと》で、

「ここは何処だ？」

薄笑いを浮かべた男がいる。フロンであった。

彼はかたわらのサイボーグ・マクテを見て、十字架を指さし、

「あそこに架かれ。そうすればわかるだろう」

と言った。

マクテは右手の槍を足下《あしもと》に突き刺し、丘を登っていった。その頭に茨《いばら》の冠《かんむり》が止まっているのは何の意味か。さらに彼は腰に布を巻いただけの半裸であった。

十字架上で恐るべき作業を彼はこなした。梯子《はしご》を使って柱に上ると、まず右手に握った二本の大釘《くぎ》の片方を右横木の後ろから前部へ打ちこんだのである。素手の力であった。長い釘の先は一〇センチもこちらへ抜けた。それから、横木に左腕を当て、その手首に残る大釘を打ち込んだのである。

続いて右手を思いきり右の横木に叩きつけ——露出させておいた釘先で、逆から手首を打ち抜いた。

梯子を蹴るや、彼は自重で十字架からぶら下がり——おお、その姿は正《まさ》しくあの磔刑の再現ではないか。

「わかったぞ、よくやってくれた。ここはエルサレム郊外——〝髑髏《ゴルゴダ》の丘〟に間違いない！」

叫ぶなり、フロンは右手の長槍を——〝ロンギヌスの槍〟を天高く突き上げた。

陽光が翳《かげ》った。恐らくは天井高くに設置された自然照明によるものだろうか、その明暗の転換は、自然の変化そのものであった。のみならず風が勢いを増し、彼方では稲妻《いなずま》さえ閃光《せんこう》したのである。

「おお、おお、ついにこの日が来た。おまえもそれに気づいて訪れたのであろうが。出《い》でよ、〈新宿〉の戦士」

芝居がかった動きは少しもわざとらしくなく、彼は後方——隣室との戸口を示しつつふり向いた。

どれほどの距離があるのか、豆粒ほどの人影は、天与の美貌のせいで、黒いコートすらかがやいて見えた。

せつらは無言でフロンの方へ歩き出した。

「動かず動け。資料によれば、君のいるところがエルサレムの城門であった。イエスはそこから十字架を担《かつ》いで、ゴルゴダの丘まで登ったのだ。だが、現代は——そこにいたまえ」

フロンがこう告げるや、せつらの踏む地面は砂を蹴立てて疾走《しっそう》しはじめた。砂中に自走路《オートロード》が張り巡らされているのである。

五秒とかからず、せつらはフロンの前に立っていた。

「見たまえ、あの男を」

フロンはあわてた風もなく、十字架とマクテを指さした。

「我が一族のこしらえた偽りの聖槍を持つよう作り出されたサイボーグ——彼自身がまがいものだ。この丘と磔刑の場も、我が一族に伝わる全資料を駆使してついさっき再現したものだが、やはり偽物よ。真実なのは、これだけだ」

風を切る音が二人をつないだ。それは重いが速かった。

「打った」

とフロンが言った。

「やはり本物——おまえの糸を物ともせず断った」

その声に引かれるように、せつらはよろめいた。フロンの振った槍の柄《え》はその胴を打っていた。

「当分は眠っていてもらおう。そして——」

フロンはせつらを残し、ゆっくりと丘を上がっていった。

十字架の根本で、マクテを見上げ、

「じきにもうひとりやって来る。それまでに、準備を整えておかなくてはならない。済まんな、マクテ」

彼は〝ロンギヌスの槍〟で、偽キリストの脇腹を突いた。

「〝直《ただ》ちに血と水と流れいづ。之《これ》を見しもの証《あかし》となす〟」

五秒待って、フロンは引き抜いた。槍穂は血に染まっていた。マクテは激しく身悶《みもだ》えし、すぐ大人しくなった。

「イエスは刺されたとき、すでに死んでいたらしいが、やむを得ん。これで〝ロンギヌス〟は、新たな力を得た。来たか、二人目——牧ラジア」

遥《はる》か彼方の戸口に、その二人目の影が立っていた。

ふたたび自走路が、五メートル前方に運ぶと、

「とうとうあの日の真似《まね》？　偽のイエスを本物の〝ロンギヌスの槍〟で突いてどうしようというの？」

「槍は力を得た」

フロンは、朱《あか》い穂をしげしげと眺めた。

「その力——まず、おまえで試してみせよう。その前に——その槍の持ち主はどうした？」

「死んだ。――愚《おろ》か者だが、この槍を残した。フロン、〝ロンギヌス〟を返せ」

「返せ?」

フロンは歯を剝いた。

「返せだと? その槍はもとから我らのものだ。イエスの脇腹を突いたのは、我らが先祖だ。返せだと。槍は最もふさわしい者の手に戻ったのだ」

音もなく光がフロンの胸もとへとのびた。

横へ弾くと同時に、彼は下向きの穂先を跳ね上げた。

それを打ち返したラジアが驚きの声を放った。全身が爆発したような衝撃が体内を駆け巡ったのだ。

彼女はそれでも槍を敵に向け、突いた。

フロンも受けて躱《かわ》し、三合目でようやく睨《にら》み合った。彼は両肩を揉んだ。

「レプリカとはいえ、さすが〝無名兵士の槍〟だ。身体《からだ》中が痺《しび》れておる。だが、所詮《しょせん》はまがいもの。本物がどう違うか、その身で味わえ」

その右手で長槍が回転するや、穂先はラジアを指した。

虚空《こくう》からひとすじの稲妻が、偽りの槍に絡《から》みついたのは、その刹那《せつな》であった。

ラジアの全身は痙攣《けいれん》し、槍をふるおうとしたが、光は離れなかった。自らを焼いた煙に包まれてラジアは斃れた。

「ほーっほっほっほ」

勝利の哄笑を放つフロンの口の中には喉仏《のどぼとけ》まで見える。

その喉を別の光が貫いた。

3

倒れざまに放った〝無名兵士の槍〟である。それは刺さったままのフロンを一〇メートルも彼方へ吹きとばした。

「よくも、せつらさんを。仇討《あだう》ちよ」

こうつぶやいて、ラジアは動かなくなった。

必死に喘《あえ》ぎつつ、フロンは両手を槍にかけて引き抜いた。

喘鳴《ぜんめい》を発し、涙を流しながら、

「こんな目に遭《あ》うなら死んだ方がマシだ。だが、まだ生命《いのち》は残っている」

彼は立ち上がり、ラジアのもとへ行った。

せつらと重なるように倒れている身体を見下ろし、

「この色男が彼か——。わからんでもないが、こちらとはまだ用がある。我が一族と〝ロンギヌスの槍〟が、〈魔界都市〉に勝った証としてな」

彼は右手を上げた。

丘の向こうから二つの影が現われた。どちらも有機体人間であった。

「マクテを下ろして、このハンサムを架《か》けろ。楔《くさび》を打ってはならん。縄で固定せよ」

作業は五分で片づいた。

フロンは丘の麓《ふもと》から、そびえる十字架を見上げた。

その顔にみるみる朱と恍惚の色が広がった。

「これで世界の王となる私の胸に、なお不安の波が打ち寄せる。〈新宿〉の魔性《ましょう》よ、この期《ご》に及んでなお、邪魔立てを続けるか」

しかし、彼は笑った。

「それも少しのことよ。おまえたちの象徴は、いまこれから、ロンギヌスの血を引くわしが、〝ロンギヌスの槍〟でもって、始末してくれる。エルサレムを遠く望むゴルゴダの丘の十字架で、彼は聖なる者となる。その血潮《ちしお》を浴びた槍は、〈新宿〉の力を得るだろう。そして、私は秘密の通路を使って〈区外〉へと乗り込み、世界の王の栄光をまとうのだ」

彼は高らかに笑った。それからゆっくりと丘を登った。風はいよいよ強く、雷光はそこここにかがやいた。

せつらの足下で、彼は〝ロンギヌスの槍〟を構えた。数千年の昔、同じ舞台でその先祖が構えたとおりに。

「〈区外〉へのルートは、〈亀裂〉の底のさらに下にあるトンネルだ。それは永田町《ながたちょう》につながっておるという。あの世から、その美しい笑顔で見送ってくれ、秋せつらよ」

槍は突き出された。

それは長い穂の端まで吸い込まれた。引き抜くや、鮮血がしたたって、フロンの顔から爪先《つまさき》までを濡《ぬ》らした。

「ん？」

興奮のさなかに、フロンは戸口の方に人影を見た。それは自走路に乗って、ぐんぐん近づいて来た。

「これは——ようこそ」

丘の上から、彼は自走路を下りた二人を見下ろした。

欠けていたピースが、いますべて嵌《はま》ったような気がした。

髪をふり乱した娘がひとり、長槍を手に丘へと駆け上がって来た。

フロンの関心はむしろ、ゆっくりと跡をつける老人の方にあった。

「おまえは——やはり」

「覚えていたか、ロンギヌスの裔《すえ》よ。だが、名前はわかるまい。ロンギヌスめも知らなんだ。無名兵士と覚えておけ」

フロンの眼は登り切った娘——鈴香に注がれた。彼女は両手に構えた槍の端を地面に据《す》えたところだった。

斜めにのびた槍穂の先にはせつらの身体があった。

「その槍は——まさか？」

「〝ロンギヌスの槍〟あって、〝無名兵士の槍〟がなくては、伝説は完結せん。突きなさい！」

「そうはいかん！」

フロンは鈴香の腰へ〝ロンギヌス〟の柄を叩きつけた。

それは打撃箇所から魔の力を娘の全身に注ぎ込んだはずであった。

だが、娘は微動だにせず、聖なる槍をせつらの脇腹に食いこませた。

せつらの両眼が開いた。

唸《うな》りを立てる風の怒号に全員が眼を覆《おお》い、しかし、すぐに薄目を開けてせつらを見た。

うなだれた顔が上がっていた。かつてナザレのイエスという名の男も、そんな美しい眼で、処刑場から下界を睥睨《へいげい》したのだろうか。

「ああ、主よ——何と美しい」

呻いたのは鈴香でも老人でもなかった。フロンであった。

「かつて私の先祖は、あなたの生死を確かめるべく、或《あるい》いは他の定かならぬ理由であなたを刺しました。そして、いま、私は、この荒涼たる世界の主《あるじ》となるべくふたたびあなたに槍穂を食い込ませました。お許しくださいませ。ですが、私は——ちっぽけな虫けらにも劣るこの私は、世界の王となる夢を捨て去ることができません。〝ロンギヌスの槍〟の力を阻止《そし》し得るのは、〝無名兵士の槍〟あるのみ。されど、いまの私には、あなたから奪い取った〈新宿〉の力が宿っております。〝無名兵士の槍〟ついに我に及ばず。あなたの死と血とを賜《たまわ》って、私はこれより世界の制覇に向かいます」

風がこうささやいた。

そうはいかない
——と
それはまぎれもないひとことであった。

みなその声の主を見た。

十字架の上で、せつらは大きく背をのばして欠伸《あくび》をした。

「せつらさん!?」

鈴香の声に、

「これは――」

老人の驚愕《きょうがく》が重なるや、フロンが叫んだ。

「主よ、生きておられたか。復活は、今より三日後ではございませんか？」

「退屈してね」

こう言うと、せつらはゆっくりと地面に下りた。

縛《いまし》めは切り離されていた。

「〝ロンギヌスの槍〟探索の依頼は受けた。返してもらう」

「しかし……〝ロンギヌス〟に刺されて……なぜに？〝無名兵士の槍〟は今の〝ロンギヌス〟に及ばぬはず……」

「藪《やぶ》医者による特訓」

とせつらは言った。あまりそうは見えないガッツポーズを取って、

「不死身」

と言った。フロンが身を震わせた。

「――それでか……それで。だが、どうして……おまえ自身で〝無名兵士の槍〟を運んで来なかった？」

「僕が行ったら、おまえとの戦いの結果、〈新宿〉に甚大《じんだい》な被害が及ぶ。それを避けるのがひとつ――彼女なら、おまえの攻撃も何とか防げる。聖衣を穿いているからな」

フロンが？という表情になってから、

「それでか」

と言った。鈴香に叩きつけた一撃が無効に終わった理由がわかったのだ。

鈴香は真っ赤な顔でそっぽを向いている。

その手から槍がすっぽ抜けると、せつらの左手に収まった。

ぐい、としごいてせつらがフロンへ穂先を向ける。はためには惚《ほ》れ惚《ぼ》れするほどの美槍師《びそうし》ぶりだが、いかんせん、腰が据わらず持ち位置もおかしいから、実はど素人《しろうと》の構えもいいところだ。

対してフロンは、大財閥の総帥《そうすい》だけあって、基礎

くらいは修練してあるのか、せつらを見てにやりと笑った。しごいた槍のうなりも構えも、せつらとは雲泥《うんでい》の差だ。

「勝負を決するのは、槍の力か、槍師の秘力か。今こそ試すぞ、〝無名兵士〟よ」

「どうも。〝ロンギヌス〟」

言い終わるより早く、せつらが仕掛けた。一回転しざまに叩きつけたのは、虚をついたつもりだろうが、フロンは難なく躱《かわ》すや、軽い一閃で弾いてのけた。

ぐふ、とせつらが呻いた。

身体の中に爆発が生じたのだ。内臓も骨も吹っとび、炎に灼かれ崩れ落ちていく。

その口から炎塊を吐いて、せつらはよろめいた。片膝《ひざ》をつくも、地面に刺した槍にすがって、かろうじて転倒を免《まぬが》れた。

打ちかかって来るフロンの一撃から、ふわりと五メートルも跳びのいたのは、残る力のすべてを使った妖糸《ようし》の魔力だった。

「不死身と不死身――だが、貴様のは付け焼き刃よ。ロンギヌスの血を引く者との違い――いま見せてくれる」

すうとせつらへ接近したのは、その言葉が終わらぬうちだ。

頭上に穂先をやや下向きにし、天からせつらを貫く構えの迫力は、いかに〈新宿〉の代表選手といえど、打つ手はないとしか思えなかった。

石像のごとく動かぬせつらの顔が、このときふっと上がった。血の気の失《う》せた顔がフロンと出会った。

何を見たのか、フロンは凍結した。

せつらが跳躍し、十字架に張りつくまで、彼は動けなかった。

俯《うつむ》いた白い顔、力なく横木に付着した両腕、ぶら下がった身体。

さっきと同じだ。

いや、ひとつだけ違う。

血の気を失った肌は、手首を貫く楔の痛みと出血と痺《しび》れのためだろうか。生から見放された白い貌《かお》の何と美しいことか。その眼は間違いなくあちらを映しているではないか。

フロンは正しく神に出会った信徒であった。神は言った。

「私と会ってしまったな」

フロンの眼の隅《すみ》で、何かが動いた。

十字架へ自ら架かる寸前、せつらは手の長槍を放《ほう》ったのだ。地上でそれを構えたものがある。

それを投げられても、弾き返す自信がフロンにはあった。

槍は飛んで来た。遅い。

その前に彼は〝ロンギヌスの槍〟を新たなキリスト像へ投げつけようとした。

手は動かなかった。

糸だ、と思った。だが、それは彼の力で難なく切断し得るはずだ。

それなのに——立ちすくんだまま、彼は飛んでくる槍が、自らの喉を貫く瞬間を眼にせざるを得なかった。

不死身だ、と閃《ひらめ》いた瞬間、フロンの意識は永遠の闇に呑み込まれた。

「終わったぞ、ロンギヌス」

投擲《とうてき》の姿を崩さぬまま、老人はつぶやいた。

そのかたわらへ、黒いコートが舞い下りて、

「どうします？」

極めて事務的な口調で訊いた。

槍のことだろう。

二本の槍は灰にまみれていた。かつて、フロン一族の長だった灰に。

「わしが預かろう」

と老人はようやく尋常な姿勢に返って言った。

「あの奥の部屋にですか？」

鈴香が訊いた。

「そうだ。あの部屋に。ずっとな」

「ずっとね」

とせつらが和した。ただ茫洋《ぼうよう》と繰り返しただけなのかもしれなかった。

「行くかね」

老人が二本の槍を担いで丘を下りはじめた。

自走路へ乗る前に、せつらは足を止め、ふり向いた。

もうひとつの灰の山を。

牧ラジアだったものだ。

すぐに背を向けて歩き出した。

エレベーターを使って地上に出た。

空気は白《しら》みつつあった。

前方に〈新宿〉が広がっていた。

「勝ったのは、ここ」

とせつらはつぶやいた。

老人と——鈴香がうなずいた。

遠い過去から束《つか》の間《ま》甦《よみがえ》った聖者もその遺物も、凄絶《せいぜつ》な戦いの果てに、〈新宿〉の小さな店の奥に休息の場を見出《みいだ》そうとしていた。

過去も未来も、そして現在の魔性ですら、この街は呑み込み、解決を与えてしまう。

生とも死とも異《こと》なる解決を。

鈴香が自分を見つめていることを、彼は知っていた。

「もう一度、言ってくれませんか、ハッピー・バースデイって」

誰かが何処かでこう言った。

「行こう」

とせつらは応じて、〈靖国通り〉の方へ歩き出した。

本書は書下ろしです。

あとがき

〈魔界都市ブルース〉久々の書下ろしということで、担当のM氏からは——

「何か斬新なのをお願いしますよ」

と言われ、あれこれ考えた結果、何故《なぜ》か——

——経済ものをやろう
と思いついてしまい、あれこれアイディアを練《ね》りはじめた。

で、思いついたのが——

〈新宿〉の名物を〈区外〉へ〝輸出〟するところを狙《ねら》って強奪《ごうだつ》し、独自のルートで売り払う強盗団の話——であった。

これは面白そうだ。

物語の成否は、〝どれくらい奇妙な輸出品〟を創出できるかにある。

それこそ、金の卵を産むガチョウだっていいだろうし、癌《がん》さえも完治させてしまう特効薬を体内に巡らせている少年も書いてみたい。勝手に宝の地図を書くと、出鱈目《でたらめ》な埋蔵地点に、本物が埋もれている男というのもいい。もっとも、これは何十年に一回、くらいにした方がよさそうだ。

で幾《いく》つかアイディアを作り出し、これでいいやとペンを進めるうちに（私はまだ手書き派である）、持病が出て来た。「書き出すと必ず異《こと》なる内容になってしまう病」である。

今回の原因はわかっている。

〝ロンギヌスの槍《やり》〟である。

これを出し、資料を少し読んだのが身の不運。

たちまち話は変わり、〝ロンギヌスの槍〟を手にすると自動的に世界の王になれる——という伝説を下《もと》に、せつらや威勢のいい女性陣が活躍する一大超伝奇が形を取りはじめた。〝経済もの〟など影も形もない。

〝ロンギヌスの槍〟なるものを知ったのは、確か志茂田景樹《しもだかげき》氏の著書によってだったと思う。ロンギヌスというのが、キリストを槍で刺した兵士の名前だと知ったのは、別の本——「ムー」か何かであったろうか。

今回使おうと思い至ったのは、単なる思いつきである。であるから、いつものように資料も何も読まず、独自の想像力で肉付けし、一巻の終わりにしよう、と思っていたのだが、〝ロンギヌスの槍〟に関しては、ちょっぴり知識があった。

そのため、まるっきり空想といういつもの手が使えなくなって、仕方なく聖書を読みはじめた。

それで、ロンギヌスという名前が聖書には載っていないことも、グーグルで調べた「ロンギヌスは、後に悔い改め、敬虔《けいけん》なキリスト教徒になったばかりか、信仰のために生命《いのち》を捨て、後に聖人にまつり上げられた」との記述が根も葉もない出鱈目だということもわかった。

しかし小説では、根も葉もなかろうが使い方次第で役に立つ。どんどん想像をふくらませることに決めた。

十五世紀の絵を見ると、ロンギヌスはイエスの右脇腹を刺している。だとしたら、左も刺されていてもおかしくはなかろうと考え、名前がはっきりしたロンギヌスとは対照的に、〝無名兵士の槍〟というのを思いついた。当然、ロンギヌスとは敵対関係にする。

このとき思い出したのが、〝聖衣〟である。

これの名を眼にした最初は、やはり同題のアメリカ映画（'53）だろう。主演はリチャード・バートンとヴィクター・マチュア。かなり重い組み合わせだ。女優はバンビみたいなくりくり眼が可愛《かわい》いジーン・シモンズ。キリストが処刑前にそれを着て、自ら十字架をゴルゴダの丘に運んだと知り、へえ、キリストくらいになると、着ている服さえ聖なるものになるんだ。売ると幾らくらいになるだろうと思ったが、何故か今日まで手がつかなかった。

聖書を繙《ひもと》くと、「マタイ伝」では、

――イエスを官邸につれゆき（中略）――その衣を剝《は》ぎて、緋色《ひいろ》の上衣をきせ（中略）――かく嘲弄《ちょうろう》してのち、上衣を剝ぎて、故《もと》の衣をきせ、十字架につけんとて曳《ひ》きゆく。

（中略）

――彼らイエスを十字架につけてのち、籤《くじ》をひきてその衣をわかち

とある。

ところが「マルコ伝」だと、

――彼（イエス）に紫色の衣を着せ（中略）、かく嘲弄してのち、紫色の衣を剝ぎ、故の衣を着せ十字架につけんとて曳き出《いだ》せり。（中略）彼らイエスを十字架につけ、而《しか》して誰が何と取るべきと、鬮《くじ》を引きて其《そ》の衣を分《わか》つ。

となる。

これが「ヨハネ伝」ではこうだ。

――兵卒ども茨《いばら》にて冠《かん》をあみ、（中略）紫色の上衣をきせ、（中略）兵卒どもイエスを十字架につけし後《のち》、その衣をとりて四つに分け、おのおの其の一つを得たり。

さて、これらの記述をまとめると、どうやら、イエスは十字架に架《か》けられる前に、それまで着ていた衣を剝がれ、「緋色」か「紫色」の上衣を着せられるが、ゴルゴダの丘へ行

く前に、またもとの衣に替えられる。この衣には色彩の記述がないのと、「ヨハネ伝」では衣を替えたとしていない。映画「聖衣」のイエスが紅《あか》い衣を着て十字架を担《かつ》ぐのは、この描写から採《と》った画面だろう。

その後は、衣は丸ごと或《ある》いは四つに分けられ、兵卒どもはそれを手に入れるために籤を引いた。

私は「ヨハネ伝」の描写を採用し、四分割された衣がその後世界を巡って、〈新宿〉に漂着、しかも、様々な品の一部となって現在に至る、とした。

かくの如《ごと》く『聖書』は作家にとって、一生題材の提供を仰《あお》いでも尽きぬ宝の山である。

そのうち、またやろうっと。

二〇一七年四月某日
「聖衣」（'53）を観《み》ながら

菊地秀行

ノン・ノベル百字書評

キリトリ線

ゴルゴダ騎兵団

なぜ本書をお買いになりましたか（新聞、雑誌名を記入するか、あるいは○をつけてください）

- □ （　　　　　　　　　　）の広告を見て
- □ （　　　　　　　　　　）の書評を見て
- □ 知人のすすめで
- □ タイトルに惹かれて
- □ カバーがよかったから
- □ 内容が面白そうだから
- □ 好きな作家だから
- □ 好きな分野の本だから

いつもどんな本を好んで読まれますか（あてはまるものに○をつけてください）

●**小説**　推理　伝奇　アクション　官能　冒険　ユーモア　時代・歴史　恋愛　ホラー　その他（具体的に　　　　　　）

●**小説以外**　エッセイ　手記　実用書　評伝　ビジネス書　歴史読物　ルポ　その他（具体的に　　　　　　）

その他この本についてご意見がありましたらお書きください

最近、印象に残った本をお書きください			ノン・ノベルで読みたい作家をお書きください		
1カ月に何冊本を読みますか	冊	1カ月に本代をいくら使いますか	円	よく読む雑誌は何ですか	
住所					
氏名		職業		年齢	

あなたにお願い

この本をお読みになって、どんな感想をお持ちでしょうか。

この「百字書評」とアンケートを私までいただけたらありがたく存じます。個人名を識別できない形で処理したうえで、今後の企画の参考にさせていただくほか、作者に提供することがあります。

あなたの「百字書評」は新聞・雑誌などを通じて紹介させていただくことがあります。その場合はお礼として、特製図書カードを差しあげます。

前ページの原稿用紙（コピーしたものでも構いません）に書評をお書きのうえ、このページを切り取り、左記へお送りください。祥伝社ホームページからも書き込めます。

〒一〇一―八七〇一
東京都千代田区神田神保町三―三
祥伝社
NON NOVEL編集長　日浦晶仁
☎〇三（三二六五）二〇八〇
http://www.shodensha.co.jp/bookreview/

NON NOVEL

「ノン・ノベル」創刊にあたって

「ノン・ブック」が生まれてから二年一カ月、ここに姉妹シリーズ「ノン・ノベル」を世に問います。

「ノン・ブック」は既成の価値に〝否定《ノン》〟を発し、人間の明日をささえる新しい喜びを模索するノンフィクションのシリーズです。

「ノン・ノベル」もまた、小説《フィクション》を通して、新しい価値を探っていきたい。小説の〝おもしろさ〟とは、世の動きにつれてつねに変化し、新しく発見されてゆくものだと思います。

わが「ノン・ノベル」は、この新しい〝おもしろさ〟発見の営みに全力を傾けます。ぜひ、あなたのご感想、ご批判をお寄せください。

昭和四十八年一月十五日

NON・NOVEL編集部

NON・NOVEL —1033

魔界都市《まかいとし》ブルース　ゴルゴダ騎兵団《きへいだん》

平成 29 年 5 月 20 日　初版第 1 刷発行

著　者　菊《きく》　地《ち》　秀《ひで》　行《ゆき》
発行者　辻　浩　明
発行所　祥《しょう》　伝《でん》　社《しゃ》
〒101-8701
東京都千代田区神田神保町 3-3
☎ 03(3265)2081(販売部)
☎ 03(3265)2080(編集部)
☎ 03(3265)3622(業務部)
印　刷　萩　原　印　刷
製　本　関　川　製　本

ISBN978-4-396-21033-5　C0293

祥伝社のホームページ・http://www.shodensha.co.jp/